生活╳職場╳旅遊，

細分13個情境主題，面對生活無死角

User's Guide
使用說明

本書以「生活大小事」、「職場萬事通」、「外出旅遊趣」三大主題為主軸，再細分為「日常閒聊」、「社交邀約」、「婚喪喜慶」、「熟悉職場」、「交涉協商」等情境，合計115個單元，不只包羅萬象，更貼近實際生活！

會話除了中英文對照外，更有外師親錄音檔

全書精選115篇會話，每篇會話都有中英文對照，讓你迅速理解對話含意，看懂了才能學得會。更重要的是，掃描封面QR code，搭配外師親錄的音檔聆聽學習，才能掌握最道地的發音！

圈出重點單字和片語，替換例句一起學

除了會話之外，本書每個單元也都有圈出重要且常用的單字和片語，熟記這些單字和片語之後，再學替換用的常見例句，掌握這些內容後，就能開口和外國人說英文！

Part1／日常閒聊

起床出門上班

先從對話開始聽　Track 001

A: You looked **exhausted**, Karen. Didn
sleep well last night?

B: No. I **tossed and turned** all night and
close my eyes until four a.m.

A: Oh, my! What's **bug**ging you?

B: It's about my new **supervisor**. May
can talk on the way to work. It's almos

A: OK. Give me five more minutes. I'll
my briefcase upstairs.

B: Come on. We'd better dash, or w
stuck in traffic.

A: Fine. I'll come in a second!

再學習單字片語

- exhausted 形 精疲力盡的
- toss and turn 片 輾轉難眠
- bug 動 困擾 → 同 trouble/ bother 煩擾
- supervisor 名 上司、主管
- get stuck in traffic 片 塞車 → 補充 rush

018

壞了，凱
睡好嗎？

夜翻來覆
凌晨四點才

妳在心煩什

的事情。我
途中再聊好
七點半了。

五分鐘。我
事包。

要趕緊出發
塞車。

上就來！

換句話說一次學

1. Did you sleep well last night? 你昨晚有睡好嗎？
2. Did you sleep at all? 你到底有沒有睡覺？
3. I didn't fall asleep until early this morning. 我一直到凌晨才睡著。
4. We can have breakfast on our way to school. 我們可以在上學途中吃早餐。
5. Can you wait a second? 你可以等我一下嗎？

關鍵文法不能忘

主詞＋否定助動詞＋動詞	＋	until＋時間點
I did not close my eyes		until four a.m.

「not...until...」的句型，前面句子使用否定形式，後加「until」，然後時間點，表示「一直到某個時間點前，都不⋯⋯」；以下的例子也是使用同樣的文法概念：

- The movie won't start until nine o'clock. 電影九點才會開演。
- We couldn't leave until late at night. 我們要一直到很晚才能離開。
- You can't come until I say so. 我同意你才能來。
- She didn't stop crying until she fell asleep.
  她一直到睡著了才停止哭泣。
- I didn't realize until later. 一直到後來我才明白。

用字精準要到位

「你看起來很累。」要怎麼說呢？

✓ You looked exhausted.
✗ You looked exhausting.

為什麼呢？
形容某人本身如何的時候要用過去分詞；而形容某物令人如何的時候才用現在分詞。如：excited 指某人感到激動；exciting 指某物令人激動。

019

本書特色 3 關鍵文法不能忘，句型例句都要會

文法是英文的骨架，學英文一定要會文法！本書從日常會用到的會話內容中擷取重要文法概念，以句型及例句來進行詳細說明，帶你輕鬆掌握關鍵文法概念！

本書特色 4 用字要精準到位，別再說中式英文

本書的每一個單元都特別整理「用字要精準到位」單元，提供一個正確和一個錯誤的例句，帶你認識中式英文及其他初學者常見的錯誤，同時也會以淺白精簡的敘述來替大家解惑。

Preface 前言

出國旅遊、留學，或是工作，是現代人的人生規劃常見的項目，但出國之後，要是語言不通怎麼辦？從小學英文，但要是面對外國人的時候不知道怎麼開口，那要怎麼辦？

相信有很多人有這樣的煩惱，又要與外國人溝通，除了背單字、文法外，更重要的是要熟悉英文會話，因此我決定整理這樣一本英文會話書，為需要在國外生活的朋友提供一些幫助。

在生活方面，包含日常閒聊、社交邀約、聊天話題、婚喪喜慶、應對進退；在職場方面，包含認識同事、熟悉職場、交涉協商、團隊合作；在外出旅行方面，則包含機場趣事、移動方式、旅遊去處、疑難雜症這些主題，全書一共115篇主題會話，涵蓋的內容相當廣泛，應有盡有。

在115篇會話中，除了精選日常使用頻率高的情境外，也提供會話的中英文對照，以及外師親錄音檔，也根據情境會話的內容，整理出重要的單字、片語，也提供可以替換的例句，以及關鍵文法概念和常見錯誤的解說，在學習規劃上，力求完整。

學習並不是單調呆板地背誦，而是要擁有好的工具，有了好工具後學習過程通常可以事半功倍，善用本書的中英文會話，再搭配外師親錄音檔來反覆學習，相信可以讓你的會話實力迅速升級！

而單字、片語、替換例句、關鍵文法、常見錯誤等延伸補充，一共超過600個！掌握這些延伸補充，就能更全面且精準地學英文，學得又廣又深。

最後，希望這本書能為各位有規劃出國的讀者朋友們帶來幫助，讓大家未來開口說英文時，能說得流暢又道地！

Contents 目錄

Part 1 日常閒聊

Part 2 社交邀約

Part 3 聊天話題

Part 4 婚喪喜慶

Part 5 應對進退

Part 1 初步認識

Part 2 熟悉職場

Part 3 交涉協商

Part 4 團隊合作

外出旅遊趣

Part 1 機場趣事

Part 2 移動方式

Part 3 旅遊去處

Part 4 疑難雜症

Chapter 1

生活大小事

Unit 01 Going for Work
起床出門上班

先從對話開始聽 Track 001

A: You looked **exhausted**, Karen. Didn't you sleep well last night?	妳看起來累壞了，凱倫。昨晚沒睡好嗎？
B: No. I **tossed and turned** all night and **didn't close my eyes until four a.m**.	對啊。我整夜翻來覆去，一直到凌晨四點才闔眼。
A: Oh, my! What's **bug**ging you?	噢，天哪！妳在心煩什麼？
B: It's about my new **supervisor**. Maybe we can talk on the way to work. It's almost 7:30.	煩我新上司的事情。我們上班的途中再聊好了。已經快七點半了。
A: OK. Give me five more minutes. I'll go get my briefcase upstairs.	好，再等我五分鐘。我要上樓拿公事包。
B: Come on. We'd better dash, or we'll **get stuck in traffic**.	快點，我們要趕緊出發了，不然會塞車。
A: Fine. I'll come in a second!	好的。我馬上就來！

再學習單字片語

- exhausted adj. 精疲力盡的
- toss and turn ph. 輾轉難眠
- bug v. 困擾 → 同 trouble/ bother 煩擾
- supervisor n. 上司、主管
- get stuck in traffic ph. 塞車 → 補充 rush hour 尖峰時刻

換句話說一次學

❶ **Did you sleep well last night?** 你昨晚有睡好嗎？
❷ **Did you sleep at all?** 你到底有沒有睡覺？
❸ **I didn't fall asleep until early this morning.** 我一直到凌晨才睡著。
❹ **We can have breakfast on our way to school.** 我們可以在上學途中吃早餐。
❺ **Can you wait a second?** 你可以等我一下嗎？

關鍵文法不能忘

主詞＋否定助動詞＋動詞	+	until＋時間點
I did not close my eyes		until four a.m.

「not...until...」的句型，前面句子使用否定形式，後加「until」，然後時間點，表示「一直到某個時間點前，都不……」；以下的例子也是使用同樣的文法概念：

- **The movie won't start until nine o'clock.** 電影九點才會開演。
- **We couldn't leave until late at night.** 我們要一直到很晚才能離開。
- **You can't come until I say so.** 我同意你才能來。
- **She didn't stop crying until she fell asleep.** 她一直到睡著了才停止哭泣。
- **I didn't realize until later.** 一直到後來我才明白。

用字精準要到位

「你看起來很累。」要怎麼說呢？

(√) **You looked exhausted.**
(×) **You looked exhausting.**

為什麼呢？

形容某人本身如何的時候要用過去分詞；而形容某物令人如何的時候才用現在分詞。如：excited 指某人感到激動；exciting 指某物令人激動。

Unit 02 Catching Up 與朋友閒聊近況

先從對話開始聽 Track 002

A: Hi! Do you still remember me?	嗨！還記得我嗎？
B: Tom! What brings you here? **I haven't seen you in years**!	湯姆！什麼風把你吹來的？我好幾年沒見到你了！
A: It's good to see you. Yeah, I just moved here and thought I could **pay you a visit**.	見到妳真好。對啊，我才剛搬到附近，想說可以過來看看妳。
B: So we're neighbors now. What do you do?	所以我們現在是鄰居囉。你現在做什麼工作呢？
A: I work at the local **community** college as an English **instructor**.	我在本地的社區大學當英文講師。
B: No way! I just **enroll**ed in the English course at the same college **the other day**!	不會吧？！我前幾天才到同一所大學註冊修讀英文課程耶！
A: Wow! Then we will have more time to **get together** and talk about the old days.	哇！那我們會有更多的時間一起敘敘舊了。

再學習單字片語

- pay sb a visit ph. 拜訪某人
- community n. 社區
- instructor n. 講師 → 近 lecturer 講師
- enroll v. 註冊、登記 → 近 register 登記；註冊
- the other day ph. 不久前某一天
- get together ph. 相聚、聚在一起 → 近 hang out 聚；一起出去

換句話說一次學

❶ **It's been ages!** 真的好久沒見到你了！

❷ **We live in the same neighborhood.** 我們住在同一區。

❸ **What are you up to these days?** 最近都在做些什麼？

❹ **I'm an English Professor in the National Taiwan Normal University.**
我在國立台灣師範大學當英文教授。

❺ **I am taking a medical school course.** 我有修醫學院的課。

關鍵文法不能忘

主詞＋動詞（否定）＋受詞	+	介系詞（in/ for）＋一段時間
I haven't seen you		**in years.**

這個句型的重點在於，前面使用否定，後面加上一段時間，至於時間前的介系詞，可使用「in」或「for」；以下的例子也是使用同樣的文法概念：

- **I haven't heard from my best friend for ages.**
  我好幾年沒有我好朋友的消息了。
- **We haven't slept at all for 48 hours!** 我們已經四十八個小時沒睡覺了。
- **They haven't talked to each other for weeks.**
  他們好幾週沒有跟彼此說話了。
- **He hasn't laughed like this in several years.**
  他好幾年沒有這樣笑過了。
- **She hasn't played piano for a long time.** 她好久沒彈鋼琴了。

用字精準要到位

「你怎麼會來這裡？」要怎麼說呢？

Ⓥ **What brings you here?**

ⓧ **What takes you here?**

為什麼呢？

take 意為「拿走、取走」，是指離開並前往另一個地方。bring 意為「帶來、領來、取來、送去」，是指從別處來到現在這個地方。

Unit 03 Taking a Good Rest

結束一天回家休息

先從**對話**開始聽 Track 003

A: **TGIF**! We are going to the bar **after work**. Want to join us?	感謝上帝，終於禮拜五了！我們下班後要去酒吧晃晃，妳要不要一起來？
B: No thanks. I've had a hard week. **I'd rather** go home and have a **soothing** bubble bath.	不了，謝謝。我這個禮拜好累。我寧願回家泡個舒緩的泡泡浴。
A: **Forget about** the bar. Let's all do that!	別管酒吧了，我們都跟妳回去洗泡泡浴吧！
B: Haha! That's **hilarious**.	哈哈，你很搞笑耶。
A: Just kidding. We are going to watch a football game at the bar. You go home first and have a good night's sleep. But don't lock the door.	開玩笑的啦！我們要在酒吧看足球賽。妳先回家睡個好覺。但是別鎖門。
B: I will. You guys **have fun**.	我會的。你們玩得開心點。

再學習**單字片語**

- TGIF(= Thank God it's Friday.) abbr. 感謝上帝，禮拜五到了
- after work ph. 下班後
- would rather ph. 寧可、倒不如
- soothing adj. 舒緩的、慰藉的
- forget about ph. 忘記、忘卻
- hilarious adj. 搞笑的 → 近 funny 有趣的；好笑的

換句話說一次學

❶ **We're going to grab a bite on the way to work.**
我們打算在上班的路上簡單吃點東西。

❷ **It's been a long day.** 我今天快累斃了。

❸ **It totally cracked me up when I heard the joke!** 那個笑話讓我笑翻了！

❹ **I'd rather hit the hay.** 我寧願躲進被窩睡覺。

❺ **Have a good night's sleep.** 好好休息吧。

關鍵文法不能忘

原形動詞	+	名詞
Have		fun.

這個句型非常實用，而且非常簡單，只要使用原形動詞「have＋名詞」，若是可數名詞，前面要加不定冠詞，是用來祝福別人的實用句型；以下的例子也是使用同樣的文法概念：

- **Have a safe flight.** 一路順風。
- **Have a wonderful time.** 玩得愉快。
- **Have a fun trip.** 旅途愉快。
- **Have a nice day.** 祝你有個美好的一天。
- **Have a great weekend.** 週末愉快。

用字精準要到位

「我們就都這樣做！」要怎麼說呢？

√ **Let's all do that!**

× **Let's all to do that!**

為什麼呢？

let sb. do sth. 這個句型會常常用到。let 在這裡不能接不定式 to do sth. 而應該接動詞原形 do。類似用法的字還有 make sb. do sth./ have sb. do sth. 等。

Unit 04 Having Dinner at Home
在家裡吃晚餐

先從對話開始聽 Track 004

A: Where shall we have the dinner tonight?	我們今晚在哪吃晚餐啊？
B: I'm **sick and tired of** eating out. **Why don't we eat in tonight?**	我厭倦老是在外面吃。我們今天乾脆在家裡吃吧？
A: Sounds good to me. You know, nothing **beat**s home cooking.	聽起來不錯。你知道的，什麼都比不過家常菜。
B: Right. So, who's cooking?	嗯。那麼，誰來煮呢？
A: Uh, don't look at me. You know I can't cook.	呃，別看我。你知道我不會做菜。
B: Fine. I'll cook. But you'll have to **clean** the table and **do the dishes**.	好吧，我來煮。但是妳要收桌子及洗碗盤。
A: Not a problem. That's what I'm good at!	沒問題，那是我最拿手的！

再學習單字片語

- sick and tired of ph. 對……十分厭倦 → 近 be fed up with 受夠
- eat out ph. 去餐廳用餐
- beat v. 打敗、勝過
- clean v. 清理
- do the dishes ph. 洗碗

換句話說一次學

❶ **Instead of eating out, let's cook some spaghetti and eat in.**
我們別外出用餐，就在家裡煮點義大利麵吃吧。

❷ **The fish smells good.** 魚聞起來好香。

❸ **Don't expect me to cook dinner for you.** 別指望我會幫你煮晚餐。

❹ **I'm all thumbs with cooking.** 我對做菜一竅不通。

❺ **She always does the dishes after we finish eating.**
我們用餐完都是她在洗碗。

關鍵文法不能忘

疑問詞＋否定助動詞＋主詞	+	動詞＋（受詞）＋（其他補語）
Why don't we		eat in tonight?

「Why don't...」的否定句型，雖然是疑問句形式，但實際上是用來表示提議的句型，帶有「何不」、「不如」、「乾脆……好了」的意思；以下的例子也是使用同樣的文法概念：

- **Why don't we take a break?** 我們乾脆休息一下吧？
- **Why don't you go for a walk?** 你們何不去走走？
- **Why don't you eat out tonight?** 你們乾脆今晚去外面吃晚餐吧？
- **Why don't we have a party tomorrow night?**
  不如我們明晚辦個派對吧？
- **Why don't they just go?** 他們何不乾脆走掉算了？

用字精準要到位

「沒問題！」要怎麼說呢？

✓ **Not a problem!**

✗ **Not problem!**

為什麼呢？

表達「沒問題」可以說：No problem 或者 Not a problem，但不能說 Not problem。Not a problem. 是一個省略句，實際上應該是 It's not a problem.

Unit 05 Feeling Sick

感覺不舒服

先從對話開始聽

Track 005

A: You don't look too good, Betty. Are you OK?	妳看起來不太好，貝蒂。妳還好嗎？
B: No, I'm not OK. My head is **pound**ing. I feel like **throwing up**.	不，我不好。我的頭好痛。我想吐。
A: Oh, no. **Have you seen a doctor**?	噢，不。妳看醫生了嗎？
B: No. I'll just have some **painkiller**s and **lie down** for a while.	還沒。我待會吃點止痛藥，然後休息一下就好。
A: But you really need to see a doctor. You look **pale**!	但妳真的需要去看醫生。妳看起來好蒼白！
B: That's all right. I just need some rest. I haven't slept three nights **in a row**.	沒關係，我休息一下就好。我已經連續三個晚上沒睡覺了。
A: Don't work like a horse. Take good care of yourself.	別那麼拼命工作了。好好照顧你自己。
B: Thank you, David. I will.	謝謝，大衛。我會的。

再學習單字片語

- pound v. 猛擊、敲打
- throw up ph. 嘔吐 → 近 vomit 嘔吐
- painkiller n. 止痛藥
- lie down ph. 躺下 → 補充 take a rest 休息
- pale adj. 蒼白的
- in a row ph. 連續

換句話說一次學

❶ **You look dreadful.** 你看起來很糟。

❷ **My nose is clogged. I can't breathe.** 我的鼻子塞住了，不能呼吸。

❸ **She has a migraine.** 她偏頭痛。

❹ **I am better now.** 我現在好多了。

❺ **Your resistance is down.** 你的抵抗力變差了。

關鍵文法不能忘

Have	+	主詞＋過去分詞＋受詞＋（其他補語）
Have		you seen a doctor?

完成式疑問句，用來詢問別人某件事是否做過了，這個句型強調「已經……了嗎？」這種感覺；以下的例子也是使用同樣的文法概念：

- **Have you had lunch yet?** 你吃午餐了嗎？
- **Has Andy gone on the business trip?** 安迪去出差了嗎？
- **Has he confessed to her?** 他跟她說實話了嗎？
- **Has she been to Spain before?** 她曾去過西班牙嗎？
- **Has the family moved out of the community?**
  那個家庭搬出社區了嗎？

用字精準要到位

「你氣色看起來很差。」要怎麼說呢？

✓ **You don't look too good.**

✗ **You don't look too well.**

為什麼呢？

look 是連綴動詞，後面都是接形容詞。所以這個句子中應用形容詞 good 而不是副詞 well。其他連綴動詞還有：taste/ sound/ feel/ smell。

Unit 06 Asking about the Weather
今天天氣如何

先從對話開始聽 Track 006

A: Ugh, **horrible** weather we're having!	唉，好爛的天氣！
B: **You said it.** **What a sudden downpour!**	沒錯，忽然下起傾盆大雨呢！
B: It **stops us from** going to the movies.	害我們不能去看電影。
A: Yeah, I don't want to go out in a day like this. It's freezing cold out there.	對啊，這種日子我可不想出門。外面冷死了。
B: Let's watch old movies at home instead then. I'm going to get a coffee.	我們只好在家看老電影囉。我要去倒杯咖啡。
A: Make it two. I'll **turn on** the TV.	也幫我倒一杯。我來開電視。
B: OK. Right away.	好的。馬上就來。

再學習單字片語

- horrible adj. 極糟的 → 近 awful 糟透了的
- You said it. 沒錯
- stop sb. from ph. 阻止
→ 近 prevent sb. from 預防
- turn on ph. 打開（電器）

換句話說一次學

❶ **The sun is shining bright.** 陽光普照。
❷ **How's the weather today?** 今天天氣如何？
❸ **It's foggy and humid.** 起霧又潮濕。
❹ **It's raining cats and dogs outside.** 外頭正下著傾盆大雨。
❺ **The weather in London is always overcast.** 倫敦的天氣總灰濛陰暗。

關鍵文法不能忘

疑問詞＋不定冠詞	+	形容詞＋主詞
What a		sudden downpour!

感嘆句是可以表達強烈情緒的句型，句尾可以使用驚嘆號來強調語氣；以下的例子也是使用同樣的文法概念：

- **What a beautiful morning!** 多美好的早晨啊！
- **What a nice weather!** 多晴朗的天氣啊！
- **What an exhausting day!** 有夠累的一天啊！
- **What a terrible week!** 真糟糕的一週啊！
- **What a cute little boy!** 多麼可愛的小男孩啊！

用字精準要到位

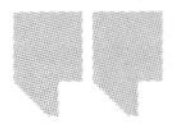

「你說得對。」要怎麼說呢？

(√) **You said it.**
(×) **You said right.**

為什麼呢？

表達「你說的對、你說的沒錯」除了說What you said is right. 之外，還有一些日常口語中常用的道地說法，如You said it. 或者 I can't agree with you more. 等。You said right. 顯然是不正確的。

Unit 07 Chatting with Family Members
與家人閒聊近況

先從對話開始聽 Track 007

A: Hi, Tony! You're back **at last**! I haven't seen you for a month!	嗨，東尼！你終於回來了！我已經一個月沒有看到你了！
B: Hi, Sis! How's going? I went **sightsee**ing in Paris.	嗨，老姐！最近好嗎？我去巴黎觀光啊。
A: I thought you would be **homesick**.	我還以為你會很想家呢。
B: Yeah, I was homesick at first. But I **got used to** the life in Paris pretty soon.	對啊，一開始我的確很想家，但是我很快就適應巴黎的生活了。
A: **Speaking of** Paris, **how is your French going?** Has it **improve**d?	說到巴黎，你的法文學得如何了？有沒有進步？
B: It sure has. You know, practice makes perfect!	當然有啦！妳知道的，勤能補拙嘛！
A: Oh, I am happy to hear that. **By the way**, when do you plan to go back to Paris?	噢，我真為你高興。對了，你打算什麼時候再回巴黎？
B: Maybe on Christmas.	可能聖誕節吧。

再學習單字片語

- at last *ph.* 終於、總算 → 近 finally 最終地；總算的
- sightsee *v.* 觀光
- homesick *adj.* 想家的 → 近 nostalgic 懷舊的
- get used to *ph.* 習慣於
- speak of *ph.* 提到、說到
- improve *v.* 改善、增進
- by the way *ph.* 順帶一提

換句話說一次學

❶ **Do you speak German?** 你會說德文嗎？
❷ **My Spanish isn't very good.** 我的西班牙文不是很好。
❸ **I don't speak Italian.** 我不會說義大利文。
❹ **Do you understand Chinese?** 你懂中文嗎？
❺ **I speak a little Japanese.** 我會說一點日文。
❻ **I'm still working on my Russian.** 我還在努力學習俄文。

關鍵文法不能忘

How＋be動詞	+	主詞＋going
How is		your French going?

「How is ~ going?」是口語中一個超級好用的句型，它可以套入各種名詞，例如你正在學習的東西或進行的事物、一個日子或季節，或者直接帶入「it」；以下的例子也是使用同樣的文法概念：

- **How is your job hunting going?** 你的工作找得如何？
- **How's your summer vacation going?** 你的暑假過得如何？
- **How's your weekend going?** 你的週末過得如何？
- **How is it going?** 你好嗎？
- **How is your project going?** 你的專案進行得如何？

用字精準要到位

「我好久沒有你的消息！」要怎麼說呢？

✓ **I haven't heard from you for a month!**
✗ **I haven't heard you for a month!**

為什麼呢？

片語 hear from 意為「得到消息、收到……的信」。單字 hear 僅僅是「聽到」的意思。二者表達的意思完全不同。

Unit 08 Talking about Food
食物淺淺談

先從對話開始聽 Track 008

A: Vincent, what would you like to drink?	文生，你想喝點什麼？
B: I have no idea. Any recommendations?	不知道欸。有任何推薦嗎？
A: Do you want to try some "**pearl**" milk tea?	你要不要喝看看「珍珠」奶茶？
B: What is that? **Sounds weird**. Is it **edible**?	那是什麼啊？聽起來好怪。能吃嗎？
A: Ha! Of course it's edible! And it's yummy. It **plays an important role** in Taiwanese food culture.	哈哈！當然能吃啊！而且還很好吃呢。它在台灣的飲食文化中是很重要的角色。
B: So what is it, anyway? I don't believe you mean the real "pearl."	那個到底是什麼啊？我想妳應該不是指真的「珍珠」吧！
A: Of course not. It's also called bubble tea. Have you **heard of** it?	當然不是囉。它又叫波霸奶茶。你有聽過嗎？
B: Oh. Now I know what "pearl" means. I sure have! Actually, I've drunk it tons of times **in the States**. It tastes so good!	噢，現在我知道「珍珠」是什麼意思了。我當然有！其實我在美國喝了超多次。超好喝！

再學習單字片語

- pearl *n.* 珍珠
- weird *adj.* 奇怪的 → 補充 strange 奇怪的
- edible *adj.* 可食用的
- play a role *ph.* 是……的角色
- hear of *ph.* 聽過
- in the States *ph.* 在美國

換句話說一次學

❶ **Night market is a great place where you can eat, play and shop.**
夜市是個好吃、好玩、好逛的地方。

❷ **I want to go to Beitou to visit a hot spring bath.** 我想去北投泡溫泉。

❸ **My parents are Buddhists, so am I.** 我的父母是佛教徒，我也是。

❹ **On the Dragon Boat Festival, people eat zongzi and hold dragon boat races to remember QuYuan, a famous Chinese poet.**
人們在端午節吃粽子、划龍舟，以紀念中國有名的詩人屈原。

❺ **Chinese New Year is a time of family gatherings.**
農曆新年是全家團聚的日子。

關鍵文法不能忘

（主詞）＋連綴動詞	+	補語
(It) sounds		weird.

這裡我們來學習「連綴動詞」的用法，一般「連綴動詞」後面都可直接接形容詞當補語；以下的例子也是使用同樣的文法概念：

- **It sounds wonderful.** 聽起來很棒。
- **I feel OK.** 我覺得還好。
- **You look gorgeous.** 妳看起來很美。
- **The food tastes good.** 這食物吃起來很美味。

用字精準要到位

「這在台灣飲食文化中是很重要的角色。」
要怎麼說呢？

(√) **It plays an important role in Taiwanese food culture.**

(×) **It plays an important role on Taiwanese food culture.**

為什麼呢？

片語 play a role in... 意為「在……中起作用、在……中是很重要的角色」。其中的介系詞應該用 in 而不是 on。

Unit 09 Talking about Culture 文化交流

先從對話開始聽 Track 009

A: Julie, what are you doing?	茱莉，你在做什麼？
B: I am reading a fortune book.	我正在看占卜的書。
A: What?!	什麼？！
B: People in our country **have the habit of** visiting **fortuneteller**s.	我們國家的人有給別人算命的習慣。
A: I didn't know that. Are you serious?	我都不知道耶，妳是說真的嗎？
B: Yeah. And it has become a **custom**. I'd visited one myself and asked her about my **career**.	對啊。而且這已經變成一種習俗了。我自己也去算過命，問了她有關我的工作。
A: Did any of her **prediction**s **come true**?	那個算命師的預測準嗎？
B: Not really. But you never know. Sometimes it's good to get some advice on your future.	其實沒有。不過世事難料。有時聽取一些對未來的建議也不錯。
A: **I prefer not to think about the future** but enjoy the present!	我寧可不去想未來，而是活在當下。

再學習單字片語

- have the habit of *ph.* 有……的習慣
- fortuneteller *n.* 算命師 → 補充 tarot card 塔羅牌
- custom *n.* 習俗、風俗
- career *n.* 事業
- prediction *n.* 預測 → 近 forecast 預測
- come true *ph.* 成真

換句話說一次學

❶ **I want to know about my future.** 我想瞭解我的未來。
❷ **Tell me about my love life.** 告訴我有關我的感情生活。
❸ **Will I be married?** 我會結婚嗎？
❹ **How many kids will I have?** 我會有幾個小孩？
❺ **Will I be rich?** 我會成為有錢人嗎？

關鍵文法不能忘

主詞＋prefer＋not	+	不定詞＋受詞＋（其他補語）
I prefer not		to think about the future.

這是個包含「prefer」的句型，留意否定時「not」放置的位子，這是考試出題率高的句型；以下的例子也是使用同樣的文法概念：

- **She prefers not to mention her past.** 她寧可不去提她的過去。
- **He prefers not to talk about it.** 他寧可不去談論這件事。
- **They prefer not to sing the song.** 他們寧可不去唱這首歌。
- **We prefer not to join them.** 我們寧可不加入他們。
- **I prefer not to worry about him.** 我寧可不去擔心他。

用字精準要到位

「她的算命有成真嗎？」要怎麼說呢？

(√) **Did any of her predictions come true?**
(×) **Did any of her predictions make true?**

為什麼呢？

片語 come true 意為「實現、成真」。此句中容易犯的錯誤是搭配錯誤的動詞和文法錯誤。當前面已有表明過去時態的助動詞 did 的時候，後面的動詞無需再用過去式，而用原形動詞。

Unit 10 Going to the Movie Theatre
看場電影吧

先從對話開始聽 Track 010

A: It's so boring. Why don't we do something?	好無聊哦。為什麼不做點什麼呢？
B: **Let's go to see a movie.** What do you say?	我們去看場電影吧，妳覺得呢？
A: Sounds great. I'm in the **mood** to see something **romantic**.	好啊，我現在正想看齣浪漫的電影。
B: Uh, are you sure? But I want to see something **brainless**, like a comedy or an **action** film.	呃，妳確定？可是我想看不用動腦思考的電影耶，例如喜劇片或動作片。
A: How about we see two movies this afternoon? Then both of us get to pick what we want to see.	不如這個下午我們一連看兩場電影？這樣我們兩個都能挑自己想看的電影。
B: Fair enough. Now we should check the showtimes before we **head out**.	合理。那我們出門前應該先查一下電影時刻表。
A: That's do that.	就這麼做。

再學習單字片語

- mood *n.* 心情
- romantic *adj.* 浪漫的
- brainless *adj.* 愚蠢的；不用動腦的
- action *n.* 動作
- head out *ph.* 出發 → 近 set off 啟程

換句話說一次學

❶ **I feel like listening to Jazz music.** 我想聽爵士樂。
❷ **Who is your favorite musical actor?** 妳最喜歡哪位音樂劇演員？
❸ **Let's move to the front.** 我們移到前面去吧。
❹ **I'd like to renew my subscription.** 我想要續訂（報章雜誌）。
❺ **I'd like to order a CD.** 我想訂一張 CD。

關鍵文法不能忘

Let's	+	動詞＋受詞＋（其他補語）
Let's		go to see a movie.

祈使句是用來表示提議的句型，口語中常常能聽到這個簡單又好用的句型；以下的例子也是使用同樣的文法概念：

- **Let's sing a song.** 我們唱首歌吧。
- **Let's take a look around here.** 我們看一看吧。
- **Let's go for a walk.** 我們去散步吧。
- **Let's buy some food.** 我們去買點食物吧。
- **Let's go on a diet.** 我們來節食吧。

用字精準要到位

「我現在正想看齣浪漫的電影。」
要怎麼說呢？

√ **I'm in the mood to see something romantic.**
× **I'm in the mood to see romantic something.**

為什麼呢？

修飾不定代名詞 something、anything、nothing 等的形容詞應該後置。也就是說形容詞應該放在不定代名詞的後面而不是前面。

Unit 11 Gossiping Around
閒聊八卦

先從**對話**開始聽

A: Robert, I just learned some big news! You need to hear this!	羅伯，我剛聽到個大消息！你必須要知道！
B: What is it?	什麼消息？
A: I heard Joey is **dating** your **ex-girlfriend**, Sharon.	我聽說喬伊跟妳的前女友雪倫，兩人正在交往。
B: **Who did you hear it from?**	妳從誰那裡聽來的？
A: I can't tell you. But **definitely** not from Joey. He doesn't know that we know.	我不能告訴你，但肯定不是從喬伊那裡聽來的。他還不知道我們知道他們的事情。
B: Do you have **proof**? I bet that's just a **rumor**.	妳有證據嗎？這一定只是謠言。
A: Well, I don't think so.	這個嘛，我不這麼認為。
B: Sophie, keep your **nose** out of other people's business, OK? Don't you have better things to do?	蘇菲，少管別人的閒事，好嗎？妳沒有別的事情好做了嗎？

再學習**單字片語**

- date *v.* 與……約會 → 近 to be seeing sb. 與某人約會
- ex-girlfriend *n.* 前女友
- definitely *adv.* 肯定地
- proof *n.* 證據
- rumor *n.* 謠言
- nose *n.* 鼻子

換句話說一次學

❶ **Did you hear about Cindy and her boyfriend?**
你有聽說辛蒂和她男友的事情嗎？

❷ **We are through.** 我們之間結束了。

❸ **I knew it would come to this.** 我就知道結局會是如此。

❹ **They are meant for each other.** 他們是天生佳偶。

❺ **He's been cheating on her.** 他一直都背著她跟別人交往。

關鍵文法不能忘

疑問詞＋助動詞＋主詞	+	動詞＋受詞＋介系詞
Who did you		**hear it from?**

這是非常重要的句型，很多人受到中文思維的影響，使用疑問句型時，通常會忘了加上該有的介系詞；以下的例子也是使用同樣的文法概念：

- **Where do you come from?** 你來自哪裡？
- **What do you want it for?** 你要這個做什麼？
- **Who do you borrow it from?** 你跟誰借的？
- **Who did you lend it to?** 你借給誰？
- **For how long are you staying here?** 你要在此停留多久？

用字精準要到位

「我有大消息。」要怎麼說呢？

ⓥ **I have some big news.**

ⓧ **I have a big news.**

為什麼呢？

news 意為「新聞、消息」，字尾的 s 會讓人誤以為是複數，但實際上卻是單數，且為不可數名詞，所以前面不能加不定冠詞 a。注意 some 不僅有「一些」的意思，還有「某個」的意思。

Unit 12 Do I Know you?

一面之緣

先從對話開始聽 Track 012

A: Hi! Do I know you?	嗨！我們是不是認識？
B: Hello, I'm Jerry. You also **look** very **familiar to** me.	哈囉，我是傑瑞。妳確實看起來很眼熟。
A: I think we met in the **Christmas party last year**.	我想我們在去年的聖誕派對上見過。
B: Oh! You are Amy!	噢！妳是艾咪！
A: Yes. My **office** is around here. You are welcome to my office for a cup of coffee anytime.	是的，我的辦公室就在附近，有空歡迎隨時到我的辦公室裡喝杯咖啡。
B: Thank you very much. **Have a good day**.	非常謝謝妳，祝妳有個美好的一天。
A: You, too. Bye!	你也是，再見！

再學習單字片語

- look familiar to *ph.* 看起來很眼熟
- Christmas *n.* 聖誕節
- party *n.* 派對
- last year *ph.* 去年
- office *n.* 辦公室
- Have a good day. *ph.* 祝你有個愉快的一天

→ 近 Have a good one. 祝今日愉快。

換句話說一次學

❶ **I think I met you somewhere.** 我好像在哪裡見過你。

❷ **Hey! I'm your classmate. Don't you remember me?**
嘿！我是你的同學啊！不記得我了嗎？

❸ **Have a great day.** 祝你有個美好的一天。

❹ **It's a pleasure to meet you.** 認識你是我的榮幸。

❺ **Would you drop by when you are in town next time?**
下次你來鎮上的時候，順便來玩好嗎？

關鍵文法不能忘

主詞	+	感官動詞＋形容詞
You		look very familiar.

這個句型的關鍵在於感官動詞，感官動詞後面接形容詞，來形容主詞當時的狀態。在五個感官動詞中，除了「look」以外，其他幾個感官動詞的主詞主要是「物」，而不是「人」；以下的例子也是使用同樣的文法概念：

- **You look happy.** 你看起來很快樂。
- **It sounds terrible!** 聽起來好恐怖！
- **It smells good.** 聞起來很不錯。
- **It tastes too sweet.** 這嚐起來太甜了。
- **It feels soft.** 這摸起來很柔軟。

用字精準要到位

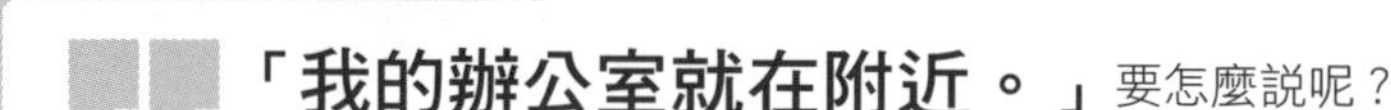
「我的辦公室就在附近。」要怎麼說呢？

Ⓥ **My office is around here.**

⊗ **My office is round here.**

為什麼呢？

round 是形容詞「圓的、圓形的、豐滿的」的意思；around 是副詞「到處、大約、在附近」的意思。兩者拼字非常相近，但意義不同，要注意區分。

Unit 13 Visiting a Friend's Family
認識朋友的家人

先從對話開始聽 Track 013

A: Mom, this is my best friend, Jack.	媽，這是我最好的朋友，傑克。
B: Nice to meet you, Jack.	很高興認識你，傑克。
A: **It's a great honor to meet you**.	認識您是我的榮幸。
B: Are you **having fun** here?	你在這裡玩得愉快嗎？
A: **Absolutely**. The party is great, and the food is **wonderful**.	當然，這派對很棒，食物也很美味。
B: Thank you. **Enjoy yourself** and **make yourself at home!**	謝謝。好好玩，當自己家！
A: Many thanks for the **hospitality** you showed me.	非常感謝你對我的款待。

再學習單字片語

- honor n. 榮幸；光榮
- have fun ph. 玩得愉快
- absolutely adv. 當然 → 近 definitely 絕對地
- wonderful adj. 美好的
- enjoy yourself ph. 好好享受
- make oneself at home ph. 當作自己家
- hospitality n. 熱情好客

換句話說一次學

❶ **Certainly.** 當然。
❷ **Glad to meet you.** 很高興認識你。
❸ **Pleased to meet you.** 很榮幸認識你。
❹ **Are you enjoying yourself?** 你玩得開心嗎？
❺ **Are you having a good time?** 你玩得愉快嗎？

關鍵文法不能忘

虛主詞＋be 動詞	+	形容詞／名詞＋不定詞片語
It is		a great honor to meet you.

在這個句型中，「it」是虛主詞。在英文中，當真正的主詞太長時，會使用虛主詞來代替主詞，並把真正的主詞往後移，以避免頭重腳輕的情形。以「It's a great honor to meet you.」這句話為例，原句應該是：「To meet you is a great honor.」，真正的主詞則是「to meet you」，所以虛主詞「it」代替了「to meet you」，然後把「to meet you」往後移，就構成了這種以「it」當虛主詞的句型；以下的例子也是使用同樣的文法概念：

- **It's fun to play tennis.** 打網球真是有趣。
- **It's a happy thing to make a profit in the stock market.** 在股市裡賺到錢真是件令人高興的事。
- **It's good to take exercise every day.** 每天做運動是有益的。
- **It's nice to meet you.** 很高興認識你。

用字精準要到位

「很高興認識你。」要怎麼說呢？

√ **Nice to meet you.**
× **Nice meet you./ I'm nice to meet you.**

為什麼呢？

表達「見到你很高興」可以說：Nice to meet you. 或者 Nice meeting you.。前面省略的即是It is (nice to meet you/ nice meeting you)，切勿直接加上原形動詞。

Unit 14 Giving a Picnic Invitation
邀約朋友去野餐

先從對話開始聽 Track 014

A: Hi, Irene. What's your plan for tomorrow?	嘿，愛琳！明天有什麼計畫嗎？
B: Nothing special. Maybe just stay at home.	沒什麼特別的。可能只是待在家裡吧。
A: You are **more than** welcome to join us for tomorrow's **picnic**.	我們非常歡迎妳明天和我們一起去野餐。
B: Thank you. Oh, I can make some **sushi** rolls. Do **you and Sara like eating sushi**?	謝謝。噢，我可以做些壽司捲。你和莎拉喜歡吃壽司嗎？
A: Oh, that'd be great. Both Sara and I can't **get enough of** sushi. We love it.	太棒了！我和莎拉兩個人超愛吃壽司，吃再多都不嫌膩。
B: That's great. I **guarantee** that you'll love my sushi rolls even more!	那太好了。我保證你們會更愛吃我做的壽司。
A: Definitely. So we'll see you at ten, OK?	那是一定的囉！那我們明天十點見，沒問題吧？
B: Sure. We'll meet you here at ten **o'clock sharp**.	當然。我們明天十點整會在這裡跟你們會合。

再學習單字片語

- more than ph. 非常、十分 → 近 very 非常
- picnic n. 野餐
- sushi n. 壽司
- get enough of ph. 滿足
- guarantee v. 保證 → 近 assure 保證；確保
- o'clock sharp ph. ……點整

換句話說一次學

❶ **Would you like to go shopping with me?** 你想不想跟我一起去購物？

❷ **I'd love to, but I can't. Today's my laundry day.**
我很想去，但是我不能去。今天是我要洗衣服的日子。

❸ **What a shame. We'd really love you to go shopping with us.**
好可惜喔。我們真的很希望你能跟我們一起去購物。

❹ **I can't make it to lunch today. Can I take a rain check?**
我今天沒辦法跟你去吃午餐。改天再吃好嗎？

❺ **Get dressed. I'll take you out to dinner tonight.**
打扮一下吧。我今天晚上帶妳出去吃飯。

關鍵文法不能忘

主詞＋動詞	+	動名詞／不定詞（相同意思）
You and Sara like		eating sushi/ to eat sushi.

「like」這個字後面可以接動名詞或不定詞，雖然原始這兩個句型有些微區分，但在目前美式英語裡，完全可以互相替換使用；以下的例子也是使用同樣的文法概念：

- **Do you like watching television?** 你喜歡看電視嗎？
- **I like to watch movies on HBO.** 我喜歡看HBO電影台播放的電影。
- **We like running a marathon.** 我們喜歡跑馬拉松。
- **He likes to teach them how to play golf.** 他喜歡教他們打高爾夫球。
- **She likes hanging out with her friends at the mall.**
  她喜歡和朋友一起逛購物中心。

「我們十點整在這裡見。」要怎麼說呢？

ⓥ **We'll meet you here at ten o'clock sharp.**

ⓧ **We'll meet you here at ten o'clock sharply.**

為什麼呢？

o'clock sharp 意為「……點整」，這是個固定的片語搭配。其中 sharp 是形容詞形式，而不能用其副詞形式 sharply。但是表達幾點整還可以說：o'clock precisely，這時這個 precisely 就是副詞形式。

Unit 15 Visiting a Friend
拜訪朋友

先從對話開始聽 Track 015

A: Hi, Linda! What brought you here?	嗨，琳達！什麼風把你給吹來了？
B: Hi, Joe. I was just in the **neighborhood**, so I thought I'd **pop in**.	嗨，喬。我剛好就在這附近，所以順便來看看你。
A: Come on in! **Would you like something to eat**?	請進！你想吃點什麼嗎？
B: **I'm good.** I just had my lunch.	不了，我才剛吃完午餐。
A: How about something to drink?	那要不要來點喝的？
B: Do you have coffee?	有咖啡嗎？
A: Of course. **Wait a minute**.	當然。你等一下。
B: Thank you. **No rush**.	謝謝。不用急。

再學習單字片語

- neighborhood *n.* 鄰近地區 → **補充** community 社區
- pop in *ph.* 偶然來訪 → **近** drop by 順道拜訪
- I'm good. 不用；沒關係
- wait a minute *ph.* 等一下
- no rush *ph.* 不用急

換句話說一次學

❶ **Come in and have a seat.** 進來坐坐吧。
❷ **Do you want something to drink?** 你想喝點什麼嗎？
❸ **I'm really thirsty.** 我好渴。
❹ **How about some juice?** 喝點果汁好嗎？
❺ **Would you like some tea or cakes?** 想喝點茶或吃點蛋糕嗎？

關鍵文法不能忘

Would＋主詞	+	動詞
Would you		like

「Would you like...」是一種禮貌性詢問，like 後面可以接名詞、代名詞或名詞片語；以下的例子也是使用同樣的文法概念：

- **Would you like some coffee?** 你想喝點咖啡嗎？
- **Would you like to go with we?** 你想跟我一起去嗎？

如果對方用「Would you like...?」句型問你，你在回答時，如果答案是肯定的，就可以回答：

- **Yes, please.** 好的，麻煩你。
- **No, thanks.** 不用了，謝謝。

用字精準要到位

「不用，沒關係。」要怎麼說呢？

√ **No. I'm good.**
× **No. I'm fine.**

為什麼呢？

使用「I'm fine.」的時候，通常是對方詢問身體或是心情的時候。若是單純要回應對方的邀約，可以說「I'm good.」，代表我現在很好，不需要對方所提供之物的意思。

Unit 16 Grabbing a Drink
相約小酌去

先從對話開始聽 Track 016

A: What a day! **I feel like having a drink**. Would you like to join me?	今天終於結束了！我想要喝一杯，妳要不要跟我去？
B: Sure, why not? I'll have some **beer**.	好啊，有何不可？我要喝點啤酒。
A: Let's ask Tommy to come with us.	我們叫湯米跟我們一起去吧。
B: OK. He'll definitely need a drink, too. Boss has been **find**ing **fault with** his work.	好啊，他也需要喝一杯。老闆今天一直在挑他工作上的毛病。
A: Yeah. Oh, I need to call Sandy, or she'll **stay up** and **wait for** me.	對啊。喔，我得要打給珊蒂，不然她會不睡覺等我回去。
B: That's nice. My **husband** never stays up for me. I **envy** you!	真好。我老公從來不會熬夜等我回家。我好羨慕你！
A: Come on. Your husband bought you such a shining diamond ring.	少來啦。你老公買給你這麼閃亮的一顆鑽戒呢！

再學習單字片語

- **beer** n. 啤酒
- **find fault with** ph. 挑……的毛病、挑剔……
- **stay up** ph. 熬夜、不睡覺
- **wait for** ph. 等待
- **husband** n. 丈夫、老公 → 補充 **wife** 妻子
- **envy** v. 羨慕 → 補充 **be jealous about/ of** 嫉妒

換句話說一次學

❶ **Would you like to go for a drink?** 想去喝一杯嗎？
❷ **Sure. I could use a drink.** 好啊，我也想喝一杯。
❸ **Let's have one more for the road.** 再喝一杯，我們就回家了囉。
❹ **It looks like you could use another drink.** 看樣子你還能再喝一杯。
❺ **I could really use a drink right now.** 我現在很想喝一杯。

關鍵文法不能忘

主詞＋連綴動詞＋like	+	動名詞／名詞
I feel like		having a drink

「feel like」後面可接動名詞，表示「想要」；也可以接名詞，表示「感覺自己像……」，是非常好運用的簡單句型；以下的例子也是使用同樣的文法概念：

- **I feel like sleeping.** 我想睡覺。
- **She doesn't feel like a cup of coffee.** 她不想喝咖啡。
- **He felt like a fool.** 他覺得自己是個大傻瓜。
- **We feel like dancing.** 我們想跳舞。
- **He always feel like an outsider.** 他總是覺得自己像個局外人。

用字精準要到位

「老闆一直找他麻煩。」要怎麼說呢？

✓ **Boss has been finding fault with his work.**

✗ **Boss has been finding errors with his work.**

為什麼呢？

片語 find fault with 意為「找碴、抱怨、挑剔」，是一個固定搭配的片語。其中的 fault 意為「過錯、毛病、故障」。雖然 error 也有「錯誤、失誤、過失」的意思，但由於它是固定搭配，不能隨意更換。

Unit 17 Meeting an Old Friend
見見老朋友

先從對話開始聽 Track 017

A: Hi, Kevin!	嗨，凱文！
B: Hi, Alice! **Long time no see!**	嗨，愛麗絲！好久不見！
A: I know! What's new?	是啊！你近況如何呢？
B: Well, **I just got married.**	這個嘛，我剛結婚。
A: **Congratulations**!	恭喜你！
B: Thank you. What about you?	謝謝妳，那妳呢？
A: Still **single**. I **guess** you could say I'm **married** to my job!	還是單身，我想你可以説我嫁給了工作。

再學習單字片語

- long time no see ph. 好久不見
- get married ph. 結婚 → 補充 get engaged 訂婚
- congratulation n. 恭喜、祝賀
- single adj. 單身的、未婚的
- guess v. 猜測 → 補充 figure 猜想；推測
- married adj. 已婚的

換句話說一次學

❶ **It's been a long time.** 好久不見了。

❷ **How long has it been since we last met?**
從上次見面到現在，已經有多久了？

❸ **It has to be at least five years!** 至少有五年了！

❹ **Where does the time go?** 時間過得真快，是吧？

❺ **I'm married with three kids.** 我結婚了，而且有三個小孩了。

❻ **No lucky guy?** 沒有適合的對象嗎？

❼ **No one special in your life?** 生命中沒遇到特別的對象嗎？

關鍵文法不能忘

主詞	+	got ＋ 過去分詞
I		got married.

「get＋過去分詞」是一種口語表達，可以用來代替「be動詞＋過去分詞」。但是，兩者之間仍然有些許的差異，「get＋過去分詞」較常用來表示突發性的事件，且帶有較強烈的感情色彩，例如：

- **I got hurt on my way to school.** 我在上學途中受傷了。

「get＋過去分詞」看起來雖然是一種被動形式，但其實也可以用來表示主動的意義，例如：get married（結婚）、get lost（迷路）等，都是主動形式。至於被動形式的例子，則有：get confused（被搞糊塗了）、get broken（被打破了）等。

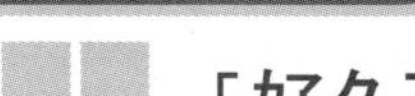

用字精準要到位

「好久不見。」要怎麼說呢？

√ **Long time no see.**

× **Long time no seeing.**

為什麼呢？

Long time no see. 意思是「好久不見、好長時間沒有看到你了」，Long time no see. 是固定的表達方式，為中文用法的直翻，因廣泛使用成為通俗用法，故不能用 Long time no seeing。

Unit 18 Making a Restaurant Reservation 餐廳訂位

先從對話開始聽 Track 018

A: Hello, Miss. May I help you?	小姐，你好。能為您服務嗎？
B: Hi, I have a **reservation** under the name of Geller.	你好，我有用蓋勒的名字訂位。
A: Yes, Ms. Geller. Table for four. Will someone be **join**ing you later?	是的，蓋勒小姐。訂四個人的位子，還有人會來嗎？
B: **My friend will be along any minute.**	我一個朋友馬上就會到了。
A: OK. Right this way, please. Here's your table. Would you like to see the **menu** first?	好的，這邊請。這是妳們的位子。您要先看菜單嗎？
B: Yes, please. And we'd like to **start with** coffee.	好的，麻煩你。我們要先來杯咖啡。
A: Sure. I'll be right back with your coffee.	沒問題，咖啡馬上來。

再學習單字片語

- reservation *n.* 訂位、預約
- join *v.* 加入
- any minute *ph.* 馬上、隨時
- menu *n.* 菜單
- start with *ph.* 以……開始 → 近 begin with 以……開始

換句話說一次學

❶ **A table for two, please.** 麻煩給我們兩個人的位子。

❷ **I made a reservation for Friday for five at 2 p.m.**
我預訂了週五下午兩點五個人的位子。

❸ **Are you ready to order?** 可以點餐了嗎？

❹ **I'm waiting for someone else.** 我還在等人。

❺ **There will be six of us.** 總共會有六個人。

關鍵文法不能忘

主詞＋will＋be動詞	+	副詞 ＋ 補語
My friend will be		along any minute.

這是十分口語的一個句型，幾乎天天都會使用到，許多情況都可以套入使用。這裡的 be along 也可以用 come along 做替代。以下是其他的相關例句：

- **They will be here any second.** 他們馬上就會到了。
- **The guests will be arriving soon.** 客人馬上就會到達了。
- **My parents will be home any minute.** 我父母馬上就會到家了。
- **The phone will be ringing any minute.** 電話隨時會響。
- **He will be leaving no later than 10.** 他十點前就會離開了。

用字精準要到位

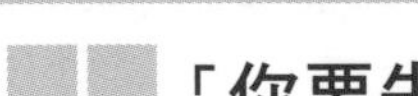

「你要先看菜單嗎？」要怎麼說呢？

Ⓥ **Would you like to see the menu?**

ⓧ **Would you like seeing the menu?**

為什麼呢？

這一句型的正確用法是：would sb. like to do sth. 和 would sb. like sth.。當後面接動詞的時候要用不定式 to。如果後面接名詞，那麼名詞直接放在 like 後面即可，如「Would you like a cup of water?」（你想要一杯水嗎？）

Unit 19 Cash or Credit Card

櫃檯結帳買單

先從對話開始聽

A: May I help you, Sir?	先生，能為您效勞嗎？
B: **Could I have the check, please?**	麻煩一下，我們要買單。
A: Sure. Will that be **cash** or **charge**?	請問付現還是刷卡？
B: I remember if I pay in cash, there will be a discount, right?	我記得用現金付款的話，會有折扣，對嗎？
A: Yes. It will be 10% off.	是的，打九折。
B: I'll **pay in cash,** then. Keep the **change**.	那我要付現。零錢不用找了。
A: Thank you, sir. Have a good evening.	謝謝您，先生。祝您有個愉快的夜晚。

再學習單字片語

- check *n.* 帳單 → 近 bill 帳單
- cash *n.* 現金
- charge *n.* 刷卡付費
- pay in cash *ph.* 付現
- change *n.* 零錢

換句話說一次學

❶ **Check, please.** 麻煩一下，買單。
❷ **Does this include the tax?** 稅含在裡面了嗎？
❸ **How would you like to pay?** 您要選擇怎麼付款呢？
❹ **Do you take credit cards/ checks?** 你們接受信用卡／支票嗎？
❺ **Do you have anything smaller?** 您有小鈔嗎？

關鍵文法不能忘

Could＋主詞＋動詞	+	受詞＋（其他補語）
Could I have		the check, please?

這個句子雖然是問句，但根據上下文，其實是帶有指示的意味，並不是真的要對方回答「yes or no」，以下是其他的相關例句：

- **Could I have the menu, please?** 麻煩請給我們菜單。
- **Could I have some apple juice, please?**
  麻煩請給我一些蘋果汁。
- **Could you show me your passport, please?**
  麻煩請給我看你的護照。
- **Could you go to that station, please?** 麻煩請你到那個一個站。
- **Could I have the receipt, please?** 麻煩請給我收據。

用字精準要到位

「我要付現。」要怎麼說呢？

ⓥ **I'll pay in cash.**
ⓧ **I'll pay with cash.**

為什麼呢？

pay in cash 意思是「現金支付、付現金」。其中的介系詞使用的是 in 而不是 with，為固定搭配用法。另外用 pay by cash 「憑現金支付」也是可以的。

Unit 20 Going to the Night Market
品嚐夜市美食

先從對話開始聽 Track 020

A: Roger, do you want to go to the new night market?	羅傑，你想要去新的夜市嗎？
B: Ooh, but I'm so **stuffed**. Actually, I just got back from another one!	呃，但我吃好撐。老實說，我剛從另外一個夜市回來。
A: What? **Accompany** me then. I really want to have **stinky tofu** now.	什麼？那陪我去。我現在真的很想吃臭豆腐。
B: **How come you are so into it?** It really stinks.	妳怎麼會這麼愛吃臭豆腐？很臭耶。
A: Because it's yummy. You should try some. You'll **be in love with** it.	因為很好吃啊。你應該要吃吃看，你會愛上它的。
B: Don't **talk me into** eating that stinky stuff.	別想說服我吃那臭臭的東西。
A: Ah, having stinky tofu for a **midnight snack** is the best idea!	啊，臭豆腐當宵夜吃最棒了！

再學習單字片語

- stuffed *adj.* 很撐、很飽的
- accompany *v.* 陪伴；陪同
- stinky tofu *n.* 臭豆腐
- be into sth. *ph.* 為……著迷 → 近 be mad about sth. 為……瘋狂
- be in love with *ph.* 愛上
- talk sb. into *ph.* 說服某人做某事
- midnight snack *n.* 宵夜

換句話說一次學

❶ **I'm so full. I can't eat another bite.** 我吃得好飽，再也吃不下了。
❷ **Do you want to eat something at the night market?**
你想去夜市吃東西嗎？
❸ **Let's go out eating at the night market.** 我們去夜市吃東西吧。
❹ **I'm eating my midnight snack from the night market.**
我正在吃夜市買來的宵夜。
❺ **I'm craving snacks at the night market!** 我好想吃夜市小吃喔！

關鍵文法不能忘

疑問詞＋主詞＋動詞／be動詞	+	其他補語
How come you are		so into it?

這個句型非常重要！一定要熟記！雖然「how come」=「why」，但是「how come」句型不必像一般問句一樣將主詞及動詞互換，而是維持直述句的順序即可，以下是其他的相關例句：

- **How come you never told me?** 你怎麼從來沒有告訴我？
- **How come you didn't make a reservation?** 你怎麼沒有先預約？
- **How come you don't work anymore?** 你怎麼不工作了？
- **How come you weren't there?** 你怎麼沒在那裡？
- **How come you didn't call me last night?** 你昨晚怎麼沒打給我？

用字精準要到位

「別說服我吃臭豆腐。」要怎麼說呢？

Ⓥ **Don't talk me into eating that stinky tofu.**
⊗ **Don't tell me to eat that stinky tofu.**

為什麼呢？

talk sb. into doing 意為「說服某人做某事」，相當於 persuade sb. into doing。tell sb. to do sth. 意為「告訴某人做某事」，帶有要求、命令之意。

Unit 21 Interests and Hobbies
興趣和嗜好

先從**對話**開始聽

A: I've decided to take up knitting.	我決定要開始學編織了。
B: Have you ever **knit**ted anything **before**?	你以前編織過任何東西嗎？
A: No, never.	從來沒有。
B: Well, it's really "in" **right now**.	嗯，編織現在很流行。
A: Yeah and it looks easy enough.	對，而且它看起來很容易。
B: I guess it's **no longer** just your grandma's hobby!	我想這不再只是老奶奶的興趣了。
A: You bet. Also, knitting really **calms me down**. I even joined a knitting club.	沒錯。而且，編織真的能舒緩我的情緒。我甚至加入了編織社！

再學習**單字片語**

- knit *v.* 編織
- before *prep.* 之前
- right now *ph.* 現在
- no longer *ph.* 不再
- calm one down *ph.* 使冷靜 → **補充** sooth one's mind 舒緩心情

換句話說一次學

❶ **I've definitely decided to go to college in California.**
我已經確定要去加州唸大學了。

❷ **Have you ever seen that movie before?** 你曾看過那部電影嗎？

❸ **Have you ever been to Europe?** 你去過歐洲嗎？
❹ **Have you ever read this novel?** 你看過這本小說嗎？
❺ **Work takes up most of my time.** 工作佔用掉我大部分的時間。
❻ **I'd like to take up the challenge.** 我願意接受挑戰。

關鍵文法不能忘

主詞＋have＋decided I've decided	+	to do... to take up knitting.

I've decided... 是「我已經決定要做⋯⋯事」，是現在完成式的用法。如上述會話中的 I've decided to take up knitting. 意為「我決定要學編織了。」又如 I've decided to leave the city.「我已經決定離開這座城市了。」以下的例子也是使用同樣的文法概念：

- **I've decided to learn how to knit.** 我決定要學編織了。
- **I've decided not to tell Timmy where his wife is.**
  我已經決定不告訴提米，他的老婆在哪裡。
- **As most of you know, I've decided to resign.**
  你們多數人都已經知道，我決定辭職了。
- **I believe you've decided to go home immediately.**
  我想你已經決定立刻回家了。
- **I assume you've decided to buy a new car.**
  我想你已經決定買輛新汽車了。

用字精準要到位

「現在這個真的很流行。」要怎麼說呢？

✓ **It's really "in" right now.**
✗ **It's really "on" right now.**

為什麼呢？

介系詞 on，意為「在⋯⋯上」；in 作為介系詞，當「在⋯⋯裡」講。不同的是，in 可作為形容詞使用，意為「時髦的」。根據句意，此處使用 in 而不是 on。

Unit 22 TV Shows
電視節目

先從**對話**開始聽

A: There's nothing good on TV **anymore**!	最近的電視都很難看。
B: **What are you talking about?** I just love TV!	你在說什麼？我愛死電視了。
A: It's all "**reality shows**" now.	現在全都是「實境秀」。
B: Those are the best!	實境秀是最棒的！
A: They're not even **spontaneous**. They're all **staged** you know.	它們不是自然演出，全都是假的，妳知道吧。
B: Well, I don't care! It's good **entertainment**.	嗯，我不在乎，反正娛樂性很夠。
A: **Count me out**!	別找我一起看。

再學習**單字片語**

- anymore adv. 再、更
- reality show ph. 實境秀
- spontaneous adj. 自發性的；隨性的 → 近 natural 自然的
- staged adj. 設計好的
- entertainment n. 娛樂
- count sth./ sb. out ph. 不考慮 → 補充 count sth./ sb. in 把考慮在內

換句話說一次學

❶ **Can you tell me what you are doing now?** 你能告訴我你現在做什麼嗎？

❷ **There's a great show at 10 on channel 39 tonight. Don't miss it.**
今晚十點在39台有個很好看的節目。別錯過喔。

❸ **I missed the last episode, and I'm going to watch a rerun later.**
我沒看到最後一集，所以我待會要看重播。

❹ **I'll take a rain check.** 下次吧。

❺ **I'm not interested. Maybe next time?** 我沒興趣，下次再說吧。

❻ **Count me in.** 算我一份。

❼ **There's nothing good on TV these days!** 最近的電視都沒什麼好看的！

關鍵文法不能忘

疑問詞＋be動詞	+	主詞＋doing＋其他
What are		**you talking about?**

What are you talking about? 意為「你在說什麼？」。「be＋doing」是典型的現在進行式的用法，如 Children are doing their homework.「孩子們正在做作業。」以下是其他的相關例句：

- **I am handling a big project.** 我正在負責一個大型專案。
- **Those boys are playing basketball now.** 那些男孩正在打籃球。
- **Is she playing the piano?** 她正在彈鋼琴嗎？
- **The farmers are gathering their crops.** 農民正在收割莊稼。
- **They are having class at the moment.** 現在他們正在上課。

用字精準要到位

「別算我在內。」要怎麼說呢？

(√) **Count me out.**

(×) **Count me on.**

為什麼呢？

片語 count on 意為「依靠、指望」，相當於 depend on。片語 count out 意為「逐一數出；不把……算入」。二者意思不同，切勿混淆。

Unit 23 Sports
運動休閒

先從對話開始聽 Track 023

A: Hi, Emma! What did you do yesterday?	嗨，艾瑪！你昨天在做什麼？
B: I just **join**ed a rock climbing club yesterday.	我昨天加入了攀岩社。
A: Really? I thought you **were afraid of heigh**ts.	真的嗎？我以為你怕高。
B: No, but my **sister** is. I am excited about that.	不，那是我姊姊。登山讓我感到興奮。
A: Good for you! **How often do you go?**	真好。妳多久去一次呢？
B: Every Sunday. But I'm **thinking about** going on Saturday as well. Why don't you join us?	每個禮拜天，但我正在考慮要不要連禮拜六也去。你何不加入我們呢？
A: Hmmm...No, I think I'll keep my feet **on the ground**.	嗯……不用了。我想我還是乖乖的走路就好。

再學習單字片語

- join *v.* 加入
- be afraid of *ph.* 恐懼 → **近** be scared about 害怕
- height *n.* 高度 → **補充** width 寬；depth 深
- sister *n.* 姐姐；妹妹
- thinking about *ph.* 考慮；思考 → **近** consider 考慮
- on the ground *ph.* 在地上

換句話說一次學

❶ **I can't believe that you go rock climbing!** 我真的無法相信你會去攀岩！

❷ **James and I went bungee jumping last weekend.**
我和詹姆士上週末去高空彈跳。

❸ **Nancy's brothers practice Taekwondo every Wednesday night.**
南西的哥哥每週三晚上練跆拳道。

❹ **Only a coward would run from danger.** 只有懦夫才臨危脫逃。

❺ **We thought he was a nice guy, but he isn't.**
我們還以為他是個好人，但事實卻非如此。

關鍵文法不能忘

How often	+	助動詞／be動詞＋主詞＋動詞
How often		do you go?

表達頻率時一定會用到 How often，如 How often do you go?「你多久去一次？」How often do you take a shower?「你多久洗一次澡？」注意這類問句的回答通常會有：once a week（一週一次）、twice a day（一天兩次）、four times a year（一年四次）等；以下的例子也是使用同樣的文法概念：

- **How often do I have to take this medicine?**
  我必須多久吃一次藥？
- **How often do you have the flights to Bonn?**
  去波昂的飛機每隔幾天會有一班？
- **How often does she go shopping?** 她多久逛一次街？
- **"How often do you go there?" "Once a month."**
  「你多久去一次那裡？」「一個月一次。」
- **How often do the buses run?** 公車隔多久會有一班？

用字精準要到位

「何不加入我們？」要怎麼說呢？

✓ **Why don't you join us?**
✗ **Why don't join us?**

為什麼呢？

表達「為什麼不……」可以說：why not... 或者 why don't...。當用 why not 的時候後面不需要接人稱代名詞；當使用 don't 的時候才加人稱代名詞，因此也可以說 Why not joining us?

Unit 24 Job Hunting 找工作

先從對話開始聽 Track 024

A: Ed, you look not good. What's up?	艾德，你看起來不太好哦。怎麼了？
B: I have to **find** a new job!	我得找份新工作！
A: Why? You don't like where you are?	為什麼？你不喜歡現在的工作嗎？
B: No, not **a bit**. I'm not **motivated at all**.	一點都不。我覺得一點動力都沒有。
A: Would you stay in the same field or **look for** something **different**?	你會待在相同的領域還是轉換跑道？
B: Oh...I have no idea.	噢……我不知道。
A: **When are you going to start looking?**	那你哪時候會開始找工作呢？
B: Oh...I don't know, either. I'm just hopeless.	噢，我也不知道。我整個人很絕望。
A: Come on. **Pull yourself together!**	拜託。振作起來！

再學習單字片語

- find v. 找到 → 補充 land a job 找到工作
- a bit ph. 一點
- motivate v. 激發
- at all ph. 一點也不
- look for ph. 尋找 → 近 seek 尋找
- different adj. 不同的
- pull oneself together ph. 振作起來

換句話說一次學

❶ **No, not in any way.** 一點都不。
❷ **I have to look for a new job.** 我得找份新工作。
❸ **You will find it difficult to deal with.** 你會發現它很難處理。
❹ **I found the job boring.** 我發現這工作很無聊。
❺ **I don't like the atmosphere there.** 我不喜歡那裡的氣氛。

關鍵文法不能忘

疑問詞	+	be going to ＋動詞.
When		are you going to start looking?

表達將要做某事，除了用 will do 之外，還會用到 be going to 這個句型。如果要說「你什麼時候要開始找工作呢？」就是 When are you going to start looking? 或「我下個月要去休假」，可以說 I will have a holiday next month. 或者 I am going to have a holiday next month.；以下的例子也是使用同樣的文法概念：

- **Accidents will happen.** 世事難料。
- **Will Friday do?** 星期五可以嗎？
- **Who is he going to show some pictures to?**他要把一些照片給誰看？
- **He is going to Canada to seek his fortune.** 他去加拿大想賺大錢。
- **He is going to report them to the police.**
  他打算向警方告發他們。

用字精準要到位

「一點都不。」要怎麼說呢？

✓ **Not a bit.**
✗ **Not a little.**

為什麼呢？

not a little 和 not a bit 是兩個極為相似又極容易混淆的片語。not a little 意為「不是一點、不少、很多」；而 not a bit 意為「一點也不、絲毫不」。可見二者意思完全不同，一定要注意區分。

Unit 25 Talking about School Life
談論學校

先從對話開始聽 Track 025

A: Rob, what's bothering you?	羅伯，你在煩什麼啊？
B: I **hate** my life!	我討厭我的生活！
A: Hate your life? But **I think you have it made.**	討厭你的生活？我覺得你過得不錯呀！
B: Have it made? How would you like to take a **million test**s **every week**? And when I'm not taking tests, I'm studying!	過得不錯？妳喜歡每個禮拜都有考不完的試嗎？我如果不是在考試就是在唸書。
A: Now I see what you mean. **Hang in there**, Rob. After the final exam, summer vacation is just **around the corner**!	我懂你意思了。撐著點，羅伯。期末考結束後，暑假就不遠了！
B: I wouldn't be so excited about it if I fail the exam, though.	如果我被當，對暑假我也不會很期待就是了。
A: **Look on the bright side**, Rob. even though I'm working now, I still hate my life. It's just a **phase**.	樂觀一點，羅伯。我現在在工作，但我還是很厭世。這都是過程。

再學習單字片語

- hate *v.* 討厭；厭惡
- million *n.* 百萬
- test *n.* 測驗；測試
- every week *ph.* 每週
- hang in there *ph.* 撐住；撐著點
- around the corner *ph.* 即將到來（就在轉角處了）
- look on the bright side *ph.* 往好處看 → **補充** optimistic 樂觀的
- phase *n.* 階段 → **近** stage 階段

換句話說一次學

❶ **I think you have a good life.** 我覺得你的生活過得挺不錯的。
❷ **Tom didn't like his school life at all.** 湯姆一點也不喜歡學校生活。
❸ **Nina and David couldn't stand the noise.** 妮娜和大衛受不了那些噪音。
❹ **Many people enjoy playing online games.** 很多人喜歡玩線上遊戲。
❺ **Does your kid like going to school?** 你的小孩喜歡上學嗎？

關鍵文法不能忘

I think	+	**(that) 子句**
I think		**(that) you have it made.**

直接表達某人內心的想法。可以說 I think you have it made.（我認為你過得很好啊。）又如 I think you should go after her right away!（我認為你應該立刻去追她！）除了 think 之外，還可以用 believe，如 I believe your dream will come true one day.（我相信你的夢想有一天會實現。）；以下的例子也是使用同樣的文法概念：

- **I think your explanation is right.** 我認為你的說明很正確。
- **I think I have no other choice.** 我想我別無選擇。
- **I think I have overlooked that point.** 我想我忽視了這一點。
- **I believe he is innocent.** 我相信他是無辜的。
- **I believe the answer is wrong.** 我堅信答案是錯誤的。

用字精準要到位

「**暑假就要到了！**」要怎麼說呢？

✓ **Summer vacation is just around the corner!**
✗ **Summer vacation is just at the corner!**

為什麼呢？

片語 around the corner 為固定用法，表示「即將到來」；at the corner 會用於表示某事物的位置在轉角，譬如商店、郵局等等。

Unit 26 Weekend Plans

聊聊週末計畫

先從**對話**開始聽 Track 026

A: Leona, what are you planning to do this weekend?	里歐娜，你這個週末打算做什麼？
B: I have no idea. What about you?	不知道。你呢？
A: Let's actually do something this weekend!	我們這週末來做些事吧！
B: Like what?	比如說？
A: I don't know. **Catch a movie**?	我不知道。看電影好嗎？
B: What's **play**ing?	現在有哪些電影正在上映呢？
A: Lots of good ones. I'll **check** online.	有很多好看的電影啊。我上網查。
B: Yeah, it would be nice to **get out**!	好呀，出去走走也不錯。

再學習**單字片語**

- actually *adv.* 實際上
- weekend *n.* 週末 → **補充** weekday 平日
- catch a movie *ph.* 看電影
- play *v.* 播映
- lots of *ph.* 許多
- check *v.* 查看；檢查
- get out *ph.* 出去

換句話說一次學

❶ **Anything you'd like to do for the weekend?** 你這個週末有想要做的事嗎？
❷ **Do you have any plans for the coming weekend?** 你這個週末有任何計畫嗎？
❸ **What are you going to do this weekend?** 你這個週末要做什麼呢？
❹ **I don't want to go out on the weekend.** 我這個週末不想外出。
❺ **I don't feel like going anywhere.** 我哪裡都不想去。
❻ **Let's stay home instead of going out.** 我們待在家裡不要出門吧！
❼ **It would be nice to travel there!** 去那裡旅行一定很棒！

關鍵文法不能忘

Let's	+	原形動詞＋其他
Let's		do something this weekend!

表達建議性的句子可以用 Let's do something.（讓我們做……吧。）Let's 實際上是 Let us 的縮寫形式。如 Let's go to play basketball.（我們去打籃球吧。）以下的例子也是使用同樣的文法概念：

- **Let's compare 2020 with 2024.** 請大家對比一下2020年和2024年的情況。
- **Let's dine out!** 我們去餐廳吃飯吧！
- **Let's play singles!** 我們來玩單打！
- **Let's bet on it!** 我們來打個賭吧！
- **It's 12:00. Let's go.** 現在十二點了，我們走吧。

用字精準要到位

「看電影呢？」要怎麼說呢？

✓ **Catch a movie?**
✗ **Seize a movie?**

為什麼呢？

表達「看電影」可以說 see a movie 或者 go to the cinema，還可以說 catch a movie。雖然 seize 和 catch 都有「抓住」的意思，但在此片語中不能隨意替換。

Unit 27 Stuck in the Traffic Jam
交通狀況

先從**對話**開始聽 

A: Hello, Barbie. Where are you now?	喂？芭比，你現在在哪裡呢？
B: On the way. I can't believe it. Traffic is **backed up** for miles!	在路上。真不敢相信！路上的車陣塞了數公里！
A: The radio news says six cars **piled up** at the **intersection** three blocks away.	電台新聞說三個街區遠的十字路口發生了六輛車連環追撞。
B: Oh, my! What happened?	我的天哪！發生什麼事了？
A: Some **jaywalk**ing guy caused the accident.	某個闖紅燈的行人造成的意外。
B: Oh, that's terrible! **That man should be punished severely for what he had done.**	噢，太差勁了吧！那個人的所作所為應當受到重罰。
A: You can say that again!	妳說得沒錯！

再學習**單字片語**

- backed up *ph.* 堵塞 → **補充** traffic jam 塞車
- pile up *ph.* 連環車禍
- intersection *n.* 十字路口
- jaywalk *v.* 隨意穿越馬路
- punish *v.* 懲罰 → **補充** get a ticket 吃罰單

換句話說一次學

❶ **All this traffic is giving me a headache.** 這些路況真令人頭痛。
❷ **A pile-up happened in the busiest road.** 最繁忙的道路上發生了連環車禍。
❸ **It is dangerous for people to jaywalk.** 任意穿越馬路非常危險。
❹ **Everybody should obey the traffic rules.** 大家都應該要遵守交通規則。
❺ **It is illegal to violate the traffic rules.** 違反交通規則是違法的。

關鍵文法不能忘

主詞＋should	+	動詞＋補語
That man should		be punished severely for what he had done.

這個句型裡包含「should」這個字，帶有表達強烈意見的意味，也是常常會使用到的句型；以下的例子也是使用同樣的文法概念：

- **That murderer should be put in jail.** 那個殺人犯應當坐牢。
- **That man should be told to work overtime.** 那個人應當被叫去加班。
- **You should pull an all-nighter.** 你應該熬夜唸書。
- **He should be taken to the hospital.** 他應當被送去醫院。
- **They should be warned.** 他們應當被警告。

用字精準要到位

「你說得對極了！」要怎麼說呢？

✓ **You can say that again!**
✗ **You can speak it again!**

為什麼呢？

You can say that again! 是個非常地道的口語表達方式，意為「你說得對、我完全同意、沒錯」。這是個固定的說法，即使 speak 和 say 都有「說」的意思，也不能隨意替換。類似的表達還有：you said it.「你說得對、我完全同意」。

Unit 28 Weather Forecast
天氣預報

先從對話開始聽 Track 028

A: Did you **listen to** the **weather forecast**?	妳有收聽氣象預報嗎？
B: No. Why?	沒有。怎麼了？
A: Well, there's a **typhoon** coming.	嗯，有颱風要來。
B: **No way**!	不會吧！
A: Yep, it should be here by tomorrow **night**.	沒錯，颱風應該明晚就會來。
B: **Awesome**! **No school!**	太棒了！不用去上學了！
A: I never know you hate studying so much!	我從來不知道你這麼討厭唸書啊！

再學習單字片語

- listen to ph. 聆聽
- weather forecast ph. 天氣預報
- typhoon n. 颱風 → 補充 hurricane 颶風
- No way! 不會吧！；不可能！
- night n. 夜晚 → 補充 daytime 白天
- awesome adj. 極佳的
- No school! 不用上學！

換句話說一次學

❶ **What's the weather like today?** 今天天氣如何？
❷ **Did you hear the weather forecast?** 你有聽氣象預報嗎？

❸ **Did you watch the forecast last night?** 你昨晚有看氣象報告嗎？
❹ **There's a typhoon coming.** 有颱風要來。
❺ **We have a typhoon the day after tomorrow.** 後天有颱風。
❻ **The forecast says we'll have a typhoon tomorrow.**
氣象報告説明天有颱風。
❼ **There's a snowstorm coming.** 有暴風雪要來。

關鍵文法不能忘

No	+	名詞
No		school!

No school! 這是個省略句，英文解釋應為 We don't have to go to school!（我們不用去上學了。）No 後面可以接名詞，如 No Photo.（禁止拍照。）No 後面也可以接動名詞，如 No Parking.（禁止停車。）；以下的例子也是使用同樣的文法概念：

- **No smoking.** 禁止吸煙。
- **No reply.** 沒有回應。
- **No signal.** 沒有訊號。
- **No problem.** 沒問題。
- **No way!** 想都別想！

用字精準要到位

「我不知道你這麼討厭唸書！」要怎麼説呢？

(√) **I never know you hate studying so much!**
(×) **I never know you hate study so much!**

為什麼呢？

hate to do sth. 意為「討厭做某事」；hate doing sth. 意為「討厭某種行為」。二者的區別在於：hate to do sth. 是指具體的一次動作；而 hate doing sth. 是一個經常性的動作。在此句中，hate 後面不能直接加原形動詞。

Unit 29 Studying Abroad
出國讀書

先從**對話**開始聽 

A: **What are you up to?**	你在做什麼？
B: Nothing much, just **surfing the Internet.**	沒什麼。我在上網。
A: Anything **interesting**?	有沒有什麼有趣的東西呢？
B: Yeah, I found a site that has **a lot of** info about schools in Europe.	有呀！我找到一個有很多關於歐洲學校資料的網站。
A: Are you planning to study abroad?	你有打算出國讀書嗎？
B: Yep. I just **sent** a few e-mails to **a couple of** schools, and I think I'll **download** some **application** forms for others.	是啊。我寄了幾封電子信件給一些學校，我想我還會再下載其他學校的申請表。
A: I **am** so **envious of** you having the opportunity to study abroad.	我真羨慕你有機會出國留學。
B: Come on. We all have different plans for life. Some may **envy** yours, too.	拜託，每個人的人生規劃不一樣。有些人也會羨慕你的人生。

再學習**單字片語**

- surf the Internet ph. 上網
- interesting adj. 有趣的
- a lot of ph. 很多
- application n. 申請；應用
- be envious of ph. 羨慕；嫉妒 → 近 be jealous of/ about 忌妒
- envy v. 羨慕；嫉妒
- send v. 寄送
- a couple of ph. 一些
- download v. 下載 → 補充 upload v. 上傳

換句話說一次學

❶ **Are you in the middle of something now?** 你現在在忙些什麼嗎？
❷ **What are you up to later?** 你等一下要做什麼？
❸ **Nothing special.** 沒什麼。
❹ **I'm in the middle of something.** 我正在忙。
❺ **I'm doing my research.** 我在做調查。
❻ **I'm in the middle of my project.** 我在忙著做企劃。
❼ **I sent Mr. Lee an e-mail telling him about my resignation.**
我昨晚寄了電子郵件給李先生告知他我要辭職的事。

關鍵文法不能忘

What＋be動詞＋主詞	+	up to/ V-ing?
What are you		up to?

詢問別人正在做什麼可以說 What are you up to? 其中 up to 在此有「正在做」之意。也可翻譯成「你在忙什麼？」如 What's he up to?（他在做什麼呢？）表達同樣的意思還可以說 What are you doing?（你在幹嘛呢？）；以下的例子也是使用同樣的文法概念：

- **What's she up to?** 她在忙什麼？
- **What are they up to recently?** 他們最近在忙什麼？
- **What are you up to lately?** 你們最近在做什麼？
- **What is mom doing?** 媽媽在幹嘛？
- **Can you tell me what he is doing now?** 你能告訴我他在忙什麼嗎？

用字精準要到位

「沒什麼。」要怎麼說呢？

Ⓥ **Nothing much.**
Ⓧ **Nothing more.**

為什麼呢？

Nothing much. 為固定用法，表示「沒有太多特別的事」。若照中文思維，使用 Nothing more. 則表示「不再需要更多東西」，切記此搭配。

Unit 30 Rising Oil Price
油價飆漲

先從對話開始聽 Track 030

A: Nicole, why are you so angry?	妮可，你為什麼這麼生氣啊？
B: Can you **believe** the price of oil **right now**?	現在的油價真令人不可置信。
A: I know. It's shocking! When's it going to stop?	沒錯。真的太糟了！真不知這何時會停止？
B: **I guess it won't unless the U.S. dollar drops.**	我想除非美元貶值，否則油價還會往上升。
A: We should all **protest** by driving less!	我們應該藉由少開車來表達抗議。
B: I don't think it's going to make any **effect**.	我不覺得這會造成任何影響。
A: Come on. We can start by doing this ourselves!	拜託。我們可以從自身做起！

再學習單字片語

- believe *v.* 相信
- right now *ph.* 現在
- guess *v.* 猜想；推測 → 近 figure 推測；猜想
- unless *con.* 除非
- protest *v.* 抗議
- effect *n.* 影響 → 近 influence 影響

換句話說一次學

❶ **I guess we all need to do something for our planet.**
我想我們都需要為我們的地球做些事。

❷ **More people should do the same!** 更多人應該像你一樣！
❸ **You've set a good example for others.** 你已經為其他人建立一個好榜樣了。
❹ **I will not go unless they invite me.** 如果他們不邀請我，我就不去。
❺ **Do you believe he is a famous writer now?**
真不敢相信他現在是個著名的作家啦！
❻ **Children should follow their parents' example.** 孩子都應該以父母親為榜樣。

關鍵文法不能忘

主句	+	unless ＋其他
I guess it won't (stop)		unless the U. S. dollar drops.

表達「除非……否則就……」可以用 unless 句型，相當於 if not。如 I will punish you unless you tell me the truth.（除非你說出真相，否則我就要懲罰你。）就相當於 I will punish you if you don't tell me the truth.；以下的例子也是使用同樣的文法概念：

- **You'll lag behind unless you spend more time studying.**
  你如果不更加努力地學習，就會落後。
- **Talent is worthless unless you develop it.**
  除非你好好發展，否則天賦本身沒有價值。
- **I will not go unless I hear from him.** 如果他不通知我，我就不去。
- **It is easily forgotten unless constantly repeated.**
  它很容易被忘記，除非不斷重複。
- **He will kill her if we can't prevent him.**
  如果我們不阻止他，他就會殺了她。

用字精準要到位

「太驚人了！」要怎麼說呢？

√ **It's shocking!**
× **It's shocked!**

為什麼呢？

現在分詞 shocking 意為「令人震驚的」；過去分詞 shocked 意為「感到震驚的」。二者的區別在於，形容「某事令人震驚」用 shocking；形容「某人感到震驚」用 shocked。

Unit 31 Talking About One's Job

談論自己的工作

先從對話開始聽 Track 031

A: You have a **pretty** sweet job that you can travel around the world.	你真的有份很棒的工作，能夠環遊世界。
B: Well, **there are a few drawbacks though**, to living out of a **suitcase**.	嗯，四處奔波還是有些小缺點啦。
A: Like what?	比如說？
B: Ummm... sometimes I'm only in a city for a few hours, then I have to move on to the next one.	嗯……有時我只在一個城市待幾個小時，然後就得離開到下個城市。
A: **At least** you're still in another city.	至少你還在另外一個城市。
B: Yeah, I know, but I can also **get** really **sick** from the food.	沒錯，我知道，但是有時我也會因吃錯食物而生病。
A: Oh, that's not too good. **Take** good **care of** yourself.	噢，那可不太好。要好好照顧自己哦。
B: And you know, seeing a doctor outside of Taiwan is usually super **expensive**.	而且，你知道的，在台灣以外的地方看醫生都超貴。

再學習單字片語

- pretty adv. 相當
- drawback n. 缺點 → 近 downside n. 缺點
- suitcase n. 手提箱
- at least ph. 至少
- get sick ph. 生病
- take care of ph. 照顧
- expensive adj. 昂貴的 → 補充 cheap adj. 便宜的

換句話說一次學

❶ **I've got an incredible job.** 我有份超讚的工作。
❷ **Diana has a decent job.** 戴安娜有一份很棒的工作。
❸ **I think Bill's in a dead-end job.** 我認為比爾的工作沒前途。
❹ **Karen got a low-paying job.** 凱倫有份待遇很差的工作。
❺ **Would you like to exchange jobs?** 要交換工作嗎？
❻ **Jim eventually decided to quit.** 吉姆最終決定辭掉他的工作。

關鍵文法不能忘

主句，	+	though.
There are a few drawbacks,		though.

這個句子 There are a few drawbacks though. 是表示「但是也有些小缺點。」表達轉折的句子除了會用到 but，though 也是一個很常用的字，意為雖然、儘管，可以置於句首或者句尾，如 Though he was young, he understood what the old man said.（他雖然年輕，卻懂老人說的意思。）；以下的例子也是使用同樣的文法概念：

- **Though he was mad, he listened to me with patience.**
  他雖生氣，但他耐心聽我說。
- **Though we lost our money, we learned our lesson.**
  雖然丟了錢，但我們得了教訓。
- **Though naughty, my children are quite lovely.**
  雖然我的孩子很頑皮，但可愛。

用字精準要到位

「比如說？」要怎麼說呢？

ⓥ **Like what?**
ⓧ **Like an example?**

為什麼呢？

like what 在口語中非常常用，意為「舉個例子吧；比如說」。「舉例」還可以說：for example 或者 for instance，但不可以說 like an example。

Unit 32 Asking about Other People's Job 詢問他人職業

先從對話開始聽

A: Nice to meet you, Melisa.	梅莉莎，見到你很高興。
B: Nice to meet you, too. So, may I ask **what you do for a living?**	我也很高興見到你。那麼，你是做什麼工作的？
A: I'm a **firefighter**.	我是消防員。
B: Really? That's so **cool**.	真的嗎？真酷。
A: Ha, ha. I'm pretty **lucky** to do something I really love.	哈哈。我真的相當幸運能做我喜愛的事。
B: What **station** do you work at?	你在哪個消防局工作呢？
A: I **work at** station 66. It can get **a little** crazy sometimes, but that's what makes it challenging.	我在 66分局工作。這個工作有時有些瘋狂，但這也是為何這個工作很具挑戰性的原因。
B: And it can get really **dangerous** sometimes.	而且有時候還會很危險。
A: You bet!	沒錯！

再學習單字片語

- firefighter n. 消防員
- cool adj. 酷的
- lucky adj. 幸運的 → 補充 unlucky 不幸的
- dangerous adj. 危險的 → 補充 safe 安全的
- station n. （機構的）局、站
- work at ph. 在……工作
- a little ph. 有點
- You bet. ph. 沒錯！

換句話說一次學

❶ **What kind of work do you do?** 你是做哪個行業的？
❷ **What do you live on?** 你靠什麼過活？
❸ **We just do our best.** 我們只是盡全力去做。
❹ **We just do our part.** 我們就只是盡我們的本分。
❺ **We never complain.** 我們從不抱怨。
❻ **My job can be really boring sometimes.** 我的工作有時真的很無趣。

關鍵文法不能忘

What＋助動詞＋主詞＋動詞	+	其他補語
What do you do		for a living?

詢問他人的職業可以說 What do you do for a living? 或是 What do you do? 後者的其中第一個 do 為助動詞，用來提問，第二個 do 才是句子的謂語動詞，意為「做」。與之類似的如 I had had it before last year.（我去年就有它了。）句子中的第一個 had 是過去完成式的標誌，沒有實際意義，第二個 had 就是實意動詞擁有；以下的例子也是使用同樣的文法概念：

- **What's her profession/ occupation?** 她是做什麼的？
- **What does your father do?** 你父親是做什麼的？
- **What do they do at present?** 他們目前在做些什麼？

用字精準要到位

「我也很高興認識你。」要怎麼說呢？

✓ **Nice to meet you, too.**
✗ **Nice to meet you, either.**

為什麼呢？

either 和 too 都有「也」的意思，但是二者的區別在於：either 用於否定句，而 too 用於肯定句。另外，too 用在句尾時，句子與 too 要用逗號隔開；either用在否定句中時，句子與 either 之間也要用逗號隔開。

Unit 33 Attending a Wedding
參加婚禮

先從對話開始聽 Track 033

A: Fanny looks **gorgeous**. **She's the most beautiful bride I've ever seen.**	芬妮看起來美極了。她是我見過最美麗的新娘。
B: Yeah, she looks **stunning**.	對啊，她美呆了。
A: I love her wedding **gown**. I want my wedding dress to look like that!	我好喜歡她的結婚禮服。我的結婚禮服也要像她的一樣！
B: It totally looks good on her.	她穿起來真的很好看。
A: Oh, I wish I could **get married** soon, too. Ah, will my boyfriend ever **propose to** me?	噢，我也好想趕快結婚喔。啊，我男友到底會不會跟我求婚呢？
B: You can **pop the question** to him instead!	妳可以反過來跟他求婚啊！
A: I can't do that!	不可以啦！
B: Why not? Girl also has the right to propose. Equality between men and women.	為什麼不可以呢？女孩子也有權利求婚啊。男女平等嘛。

再學習單字片語

- gorgeous *adj.* 極美的；極佳的
- stunning *adj.* 驚人的；非常美麗的
- gown *n.* 禮服
- get married *ph.* 結婚 → **補充** to say yes 答應求婚
- propose *v.* 求婚
- pop the question *ph.* 求婚

換句話說一次學

❶ **The wedding reception is really well thought out.** 婚宴招待設計得真的很周全。
❷ **I'd like to make a toast.** 我想舉杯說幾句祝賀的話。
❸ **She looks lovely in that wedding gown.** 她穿那件新娘禮服真好看。
❹ **To the man who has conquered the bride's heart.**
敬新郎，恭喜他擄獲新娘的心。
❺ **May she share everything with her husband, including the housework.**
希望新郎、新娘分享一切，包括做家事。

關鍵文法不能忘

主詞＋be動詞＋補語（最高級＋名詞）	+	that 子句
She is the most beautiful bride		that I have ever seen.

在這個句型中，一定要使用「最高級」；後接「that 子句」，不過「that」這個關係代名詞通常可以省略；以下的例子也是使用同樣的文法概念：

- **He's the cutest guy I've ever known.** 他是我認識的男生中最帥的。
- **We're the best varsity team our school has ever had.**
我們是學校有史以來最強的校隊。
- **She's probably the most irresponsible teacher ever.**
她可能是有史以來最不負責任的老師。
- **They are the sweetest students I've ever had.**
他們是我教過最貼心的學生。
- **I'm the luckiest man in the world.** 我是世界上最幸運的人。

用字精準要到位

「你可以向他求婚！」要怎麼說呢？

√ **You can pop the question to him!**
× **You can ask the question to him!**

為什麼呢？

ask the question 意為「問問題」；pop the question 意為「求婚」。表達求婚還可以說：propose marriage、propose to 等。

Unit 34 Happy Housewarming 喬遷祝福

先從對話開始聽 Track 034

A: Congratulations on the new home!	恭喜你們搬進了新房子！
B: Thanks! We love it.	謝謝！我們很喜歡。
A: You **guy**s **work**ed **hard** for it. It's really **beautiful**. The whole **interior design blew my mind**.	你們為了這間房子真的很努力。房子非常漂亮。整體的室內設計讓我感到驚艷。
B: Well, I'm just not **looking forward to** cleaning it!	這個嘛，倒是我非常不期待打掃房子！
A: Come on! I am just so jealous of you!	少來了！我都嫉妒你了！
B: Don't worry! I believe you can buy one soon.	別擔心。我相信很快你也能買一套房子的。

再學習單字片語

- guy n. 男人 → 補充 guys 大家
- work hard ph. 努力工作
- beautiful adj. 漂亮的 → 補充 elegant 優雅的
- interior design ph. 室內設計
- blow one's mind ph. 讓人驚艷
- look forward to ph. 期待 → 補充 expect 期待

換句話說一次學

❶ **You deserve it.** 你應得的。
❷ **Congrats on your relocation!** 恭喜新居落成！
❸ **I'm glad we finally settled down.** 很高興我們終於安頓下來了。
❹ **I really appreciate that.** 我很感激。
❺ **I am very grateful.** 我非常感激。
❻ **How nice of you!** 你人真好。

關鍵文法不能忘

Congratulations(congrats) on	+	名詞
Congratulations on		the new house!

直接表達祝賀某人某事的時候可以說 Congratulations on the new house!（恭喜你們搬進了新房子！）；以下是其他的相關例句：

- **Congratulations on the birth of your newborn baby boy!**
  恭賀你喜獲麟兒！
- **Congratulations on the graduation!** 恭喜畢業了！
- **Congratulations on your birthday.** 恭賀生日快樂。
- **Congratulations on your wedding.** 恭賀結婚。
- **Congratulations on your ten-year anniversary of marriage.**
  恭喜結婚十周年快樂。

用字精準要到位

「我好羨慕你。」要怎麼說呢？

√ **I'm so jealous of you.**
× **I'm so jealous to you.**

為什麼呢？

片語 be jealous of sth. 意為「嫉妒……」。其中的介系詞使用的是 of 而不是 to。這是個非常重要也很常用的片語，一定要牢記。

Unit 35 I'm Sorry about Your Loss.
弔唁慰問

先從對話開始聽

A: Haven't seen you for days. Where have you been?	好幾天沒看到你了。你去哪裡了？
B: My father passed away last week.	我父親上個禮拜去世了。
A: Melissa, **I'm so sorry for your loss**.	梅麗莎，對於妳爸爸的事我感到很遺憾。
B: Thank you.	謝謝。
A: Is there **anything** I can do for you and your **family**?	有什麼事我可以替妳或妳家人做的嗎？
B: No, thanks, Kevin. My mom's making all the **arrangement**s right now.	沒關係，謝謝妳，凱文。我媽媽籌備了一切事宜。
A: All right. call me if you need anything, even if it's just to talk.	好吧，任何時候都可以打給我，即使只想聊聊。
B: I **appreciate** it **very much**.	我真的很感激。
A: My prayers are with you and your family.	祈禱你們都好。

再學習單字片語

- sorry *adj.* 遺憾的；抱歉的
- anything *pron.* 任何東西
- family *n.* 家庭
- arrangement *n.* 安排
- appreciate *v.* 感激 → **近** be grateful to sb./ for sth. 對某人或某事感到感激
- very much *ph.* 非常 → **補充** deeply 深深地

換句話說一次學

❶ **Please accept my condolences.** 請接受我的慰問。
❷ **My condolences.** 節哀順變。
❸ **Can you do me a favor?** 你能幫我個忙嗎？
❹ **Funeral customs vary with different religions.** 葬禮的習俗因宗教差異而不同。
❺ **I see. Call me for anything.** 我瞭解，隨時都能打給我。

關鍵文法不能忘

I'm sorry	+	about／for＋名詞／doing
I'm sorry		for your loss.

表達對某事感到抱歉或者遺憾、惋惜可以說：I'm so sorry for your dad.（對於你爸爸的事我感到很遺憾。）、I'm sorry about my carelessness.（對於我的粗心我感到很抱歉。）；以下的例子也是使用同樣的文法概念：

- **I'm sorry about causing you so much trouble!**
  給你添了這麼多麻煩真抱歉！
- **I feel sorry about keeping you waiting.** 讓你等待我感到很抱歉。
- **I'm so sorry for your mother's passing away.**
  對於你母親的過世我感到很遺憾。
- **I'm so sorry about losing such an important client.**
  失去了這麼重要的客戶我感到很可惜。

用字精準要到位

「我媽籌備了所有相關事宜。」 要怎麼說呢？

Ⓥ **My mom is making all the arrangements right now.**
ⓧ **My mom is doing all the set-ups right now.**

為什麼呢？

片語 make the arrangement 為固定用法，表示「進行安排」。set-up 雖然也有安排之意，多用來表示「設計」，且須注意動詞搭配為 make。

Unit 36 Happy New Year
新年祝福

先從對話開始聽 Track 036

A: 5-4-3-2-1! Happy New Year!	5、4、3、2、1，新年快樂！
B: Happy New Year! **Here's to a great year! Cheers**!	新年快樂！祝你有美好的一年！乾杯！
A: Cheers! Yeah, let's **hope** it's **better than last year**.	乾杯！是啊，希望今年會比去年好。
B: **Here's to getting rich this year.**	祝你今年賺大錢。
A: I'll drink to that!	為此乾一杯！
B: Let's drink to everything good!	讓我們為一切美好乾杯！
A: And drink to **winning the lottery**!	然後為中樂透乾杯！

再學習單字片語

- cheer v. 歡呼、喝采、乾杯
- hope v. 希望
- better than ph. 更好
  → 補充 worse than 更壞、更糟
- last year ph. 去年
- get rich ph. 變富有 → 補充 poor 貧窮的
- win the lottery ph. 中樂透

換句話說一次學

❶ **Wish you a new year filled with joy!** 祝你新的一年充滿快樂！

❷ **Another year is going to end.** 又一年要結束了。

❸ **May the new year brings us happiness and peace!**
願新的一年替我們帶來快樂和和平！

❹ **I wish you a happy new year from the bottom of my heart.**
誠摯祝福你新年快樂。

❺ **May the coming year be filled with new goals and adventures.**
願新的一年充滿新的願景與冒險。

關鍵文法不能忘

Here's to	+	名詞／動名詞
Here's to		a great year/ getting rich this year!

表達美好祝願的時候，可以說 Here's to a great year!（祝你有美好的一年！）Here's to 後面既可以直接加名詞，也可以加 doing 形式來表示，如 Here's to getting rich this year.（祝你今年賺大錢。）；以下的例子也是使用同樣的文法概念：

- **Here's to a new beginning.** 向新的開始祝賀。
- **Here's to a happy ending.** 向好結局慶賀。
- **Here's to making more money!** 願我們賺更多的錢。
- **Here's to the crazy ones!** 向所有瘋狂的人致敬！
- **Here's to this wonderful life!** 向這個美好人生致敬！

用字精準要到位

「願新的一年比去年好。」要怎麼說呢？

√ **Let's hope it's better than last year.**

× **Let's hope it's best than last year.**

為什麼呢？

better 是 good/ well 的比較級形式；best 是 good/ well 的最高級形式。使用形容詞比較級的時候後面才需要加 than。

Unit 37 Valentine's Day 情人節

先從對話開始聽 Track 037

A: What are you and Corey doing for **Valentine's Day** this Friday?	妳和柯瑞這星期五情人節要做什麼？
B: **Probably** taking care of the kids, together!	大概就是一起照顧小孩。
A: You have to do something **romantic**.	妳應該做些浪漫的事。
B: Romantic? I can't **remember** what that word means!	浪漫？我都不記得那個字是什麼意思了！
A: Come on. At least you knew what it meant BEFORE you got married, right?	拜託。至少在結婚「前」你知道那是什麼意思吧？
B: Ha, ha! **Those days are long gone**.	哈哈哈！那些日子都過去很久了。
A: You make me **terrified** of marriage life.	妳讓我好害怕婚姻生活。
B: Ha, ha! Well, romance takes a different form in marriage. It's not a **candle light dinner**, but it's something stronger.	哈哈！這個嘛，婚姻中的浪漫是不同形式的。它不再是燭光晚餐，而是更穩固的東西。

再學習單字片語

- Valentine's Day ph. 情人節
- probably adv. 大概；可能 → 近 presumably adv. 大概；想必是
- romantic adj. 浪漫的
- remember v. 記得
- terrify v. 使害怕；使驚恐
- candle light dinner ph. 燭光晚餐

換句話說一次學

❶ **Try something interesting and romantic on Valentine's Day.**
試著在情人節那天做一些有趣、浪漫的事。

❷ **I did those romantic things in the old days.**
那些浪漫的事是我很久以前做過的。
❸ **I haven't seen you for ages.** 我很久沒看到你了！
❹ **Those days are over.** 那些日子已經過去了。
❺ **It is a gone case.** 那是一件無可挽回的事。
❻ **You ought to do something romantic.** 你應該做些浪漫的事。
❼ **What are you going to do on Valentine's Day?** 情人節你們打算做什麼？

關鍵文法不能忘

名詞＋be 動詞／助動詞	+	過去分詞
Those days are		long gone.

表達什麼事物已經消失不見可以用 gone 來表示，意為過去、消失、不見，如 His love to me has gone.（他已經不再愛我了。）；以下的例子也是使用同樣的文法概念：

- **All my money on the table was gone.** 我放在桌上所有的錢都不見了。
- **Gone with the wind.** 隨風飄逝。
- **My childhood memories are all gone.** 我所有的童年回憶都不見了。
- **That magician's assisstant was gone within seconds.**
  那個魔術師助理在幾秒內就消失了。
- **Let bygones be bygones.** 過去就過去吧。

用字精準要到位

「我已不記得那個字是什麼意思了！」要怎麼說呢？

√ **I can't remember what that word means!**
× **I can't remember what does that word means!**

為什麼呢？

這個句型屬於賓語子句。賓語子句的子句如果是疑問句，那麼疑問語序應該變為陳述語序。在此句中，不能用 what does that word mean 而應該是 what that word means。

Unit 38 Mother's Day
母親節

先從對話開始聽 Track 038

A: Happy **Mother's Day**, Mom!	媽，母親節快樂！
B: Thanks! These flowers are beautiful. You shouldn't have!	謝謝，這些花好漂亮，你不該破費的。
A: Of course I should have! You've put a lot of effort into raising us. And I've got to say, it's not easy. Ha, ha!	我當然應該！你把我們養大花了這麼多精力。而且我得說，照顧我們並不簡單。哈哈！
B: Well, that's true. **In that case, I do deserve these flowers!**	這個嘛，確實。那麼我確實值得這些花！
A: We also made you a dinner. Let's go to the kitchen.	我們還做了晚餐。我們去廚房吧。
B: Really? I can't believe it.	真的嗎？我不敢相信。
A: Don't get your **expectation** too high.	別抱太大的期待。
B: I didn't. I just couldn't believe the kitchen is still there and not **burn**ed down.	我沒有。我只是難以相信廚房還在，而且沒被燒掉。

再學習單字片語

- Mother's Day *ph.* 母親節 → 補充 Father's Day 父親節
- in that case *ph.* 那樣的話
- deserve *v.* 值得
- flower *n.* 花
- expectation *n.* 期待
- burn *v.* 燒

換句話說一次學

❶ **You deserve this glory.** 你應該得到這一榮譽。

❷ **You won the title.** 你贏得這個頭銜。

❸ **She qualified as a teacher of English overseas in London.**
她在倫敦取得海外英語教師的資格。

❹ **You endured all the trouble we gave you.**
你容忍了我們帶給你的所有麻煩。

❺ **I don't know how her parents put up with her bad habits.**
我不知道她的父母是如何忍受她的壞習慣的。

❻ **In this case, let's start earlier.** 既然這樣，我們就早點開始。

關鍵文法不能忘

主詞＋do	+	謂語動詞＋其他
I do		deserve these flowers!

I do deserve these flowers! 的意思為「我的確應該得到這些花。」這裡的 do 做強調之用，表示的確、確實之意，相當於「really」，如 We do need to buy some groceries.（我們的確需要去買食品雜貨了。）、He did do something bad when he was young.（他在年輕時確實做了不好的事。）以下的例子也是使用同樣的文法概念：

- **You do have the right to do so.** 你的確有權利這樣做。
- **I do care about what you said.** 我的確很介意你所說的話。
- **She did try her best.** 她的確盡了最大的努力了。
- **He really does have the ability to do it well.**
  他確實有能力把它做好。
- **Do you really want him go?** 你真的想讓他去嗎？

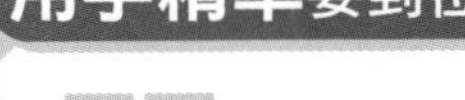

「你費了很多精力養育我們。」要怎麼說呢？

✓ **You've put a lot of effort into raising us.**
✗ **You've done a lot of effort for raising us.**

為什麼呢？

要表達「付出精力在某事上」，可以使用「put a lot of effort into」此片語，也可以使用「put a lot of effort and time into」來強調付出的時間，切記搭配的動詞和介系詞。

Unit 39 Asking a Personal Question 詢問私人問題

先從對話開始聽 Track 039

A: Can I ask you a **personal** question, Gary?	我可以問你一個私人問題嗎，蓋瑞？
B: Sure, go ahead. **What do you want to know?**	可以啊，妳問吧。妳想知道什麼？
A: Uh, are you and Jolie **see**ing **each other**?	呃，你和裘莉在交往嗎？
B: What?! **Of course not**! Who told you that?	什麼？！當然沒有！誰告訴妳的？
A: **A little bird told me that** you two are living in the same **apartment**.	有人私下跟我說你們兩個住在同一間公寓裡。
B: We are, but that's because we are **relatives**. She's my cousin!	我們是住在一起，但那是因為我們是親戚。她是我堂妹！
A: So that's what it is. I am sorry. I misunderstood.	原來是這樣。抱歉哦，我誤會了。

再學習單字片語

- personal adj. 個人的；私人的 → 近 private 私人的
- see each other ph. 約會；交往
- of course not ph. 當然沒有；當然不
- a little bird told me that ph. 有人告訴我；聽說
- apartment n. 公寓
- relatives n. 親戚

換句話說一次學

❶ **Can I ask you something?** 我可以問你一件事嗎？

❷ **Shoot!** 說吧！

❸ **Good question.** 問得好。

❹ **You got me.** 你問倒我了。

❺ **Let me put it this way.** 我這樣說好了。

❻ **Let me rephrase.** 讓我換個方式說。

關鍵文法不能忘

疑問詞＋助動詞＋主詞	+	want＋不定詞（＋其他補語）
What do you		want to know?

這個疑問句型非常實用，用來詢問對方想要做什麼事，可以立刻得到需要的資訊，是一定要熟記下來的日常句型；以下的例子也是使用同樣的文法概念：

- **What do you want to have for dinner?** 你晚餐想吃什麼？
- **What does he want to buy?** 他想買什麼？
- **What song does she want to sing?** 她想唱什麼歌？
- **What do they want to drink?** 他們想喝什麼？
- **What do we want to achieve?** 我們想達成什麼？

用字精準要到位

「你們在交往嗎？」要怎麼說呢？

✓ **Are you guys seeing each other?**

✗ **Are you guys meeting each other?**

為什麼呢？

meet each other 意為「相遇」；而 see each other 有「約會、交往、戀愛」的意思。雖然表面上看，see 和 meet 意思差不多，但兩個片語表達的意思卻完全不同。

Unit 40 Asking for Permission 徵求同意

先從對話開始聽

A: Do you mind if I smoke here?	妳介意我在這裡抽菸嗎？
B: Yes, I do. I **am allergic to** the **smell** of **cigarette** smoke.	是的，我介意。我對菸味過敏。
A: Oh, OK. I'll go right out of the door and **smoke.**	噢，好的。我會到門外去抽菸。
B: You can't smoke outsides, either. It's a **non-smoking area.**	你也不能在外面吸菸。那裡是禁菸區。
A: Then do you know where I can smoke?	那麼，妳知道在哪裡可以吸菸嗎？
B: There is no **smoking area** in here. I'm sorry.	很抱歉，這裡沒有吸菸區。
A: I guess I'll go straight home.	那我想我直接回家好了。

再學習單字片語

- be allergic to *ph.* 過敏 → 近 have allergy to 過敏
- smell *n.* 味道
- cigarette *n.* 香菸
- smoke *v.* 抽菸
- non-smoking area *ph.* 禁菸區
- smoking area *ph.* 吸菸區

換句話說一次學

❶ **Is it OK if I use your computer?** 你介意我使用你的電腦嗎？

❷ **I don't mind. Go ahead.** 我不介意。你用吧。

❸ **I do mind. Please don't.** 我介意。請不要這麼做。

❹ **Could I borrow your notes?** 我可以借你的筆記嗎？

❺ **You can borrow anything from me, including money.**
你可以跟我借任何東西，包括錢。

關鍵文法不能忘

助動詞＋主詞＋mind	+	if 子句
Do you mind		if I smoke here?

這個句型是用來詢問別人「介不介意」你做某件事情，是非常有禮貌的詢問句型，也是日常常用句型，必須熟記下來；以下的例子也是使用同樣的文法概念：

- **Does anyone mind if I open the window?** 有人介意我開窗戶嗎？
- **Do you mind if I turn on the TV?** 你介意我看電視嗎？
- **Do you mind if I turn up the volume?** 你介意我把音量調高嗎？
- **Do you mind if I use your cell phone?** 你介意我借用你的手機嗎？
- **Do you mind if I turn off the light?** 你介意我關燈嗎？

用字精準要到位

「那你知道我可以在哪裡抽菸嗎？」要怎麼說呢？

✓ **Then do you know where I can smoke?**

✗ **Then do you know where can I smoke?**

為什麼呢？

這裡涉及到文法的問題。受詞子句後面的子句如果是疑問句則必須要變成陳述句。也就是說 where can I smoke 要變成 where I can smoke。

Unit 41 Can You Speak Louder?

請對方說大聲一點

先從對話開始聽 Track 041

A: Hey! You are here! Professor Green is **looking for** you.	嘿！你在這！格林教授在找你。
B: What's the matter? **Could you speak a bit louder?** I didn't hear what you were saying.	怎麼了？可以說大聲一點嗎？我沒聽到妳剛才說什麼。
A: I was saying that Professor Green's looking for you.	我剛才是說格林教授在找你。
B: Again? What does she want from me? I've already **turn**ed **in** my final paper.	又要找我？她到底想怎樣啊？我期末報告已經交了啊。
A: Beats me. But you'd better hurry up. She hates waiting.	我不知道。不過你最好快點去找她，她很討厭等人。
B: OK, I'll go to her office right now. **By the way**, did she **mention** anything about my paper?	好啦，我馬上就去辦公室找她。順便問一下，她有提到我的報告嗎？
A: Not that I know of. But go find out yourself.	應該沒有耶。不過你自己去問清楚吧。
B: Fine. I'll go now.	好吧。我現在就去。

再學習單字片語

- look for ph. 尋找
- turn in ph. 繳交 → 近 hand in 繳交
- by the way ph. 順帶一提
- mention v. 提及 → 近 bring up 提起

換句話說一次學

❶ **Could you speak up a little bit?** 可以大聲一點嗎？
❷ **I'm not following.** 我不明白你剛才說什麼。
❸ **Mr. Martin wants to see you.** 馬丁先生要見你。
❹ **I'll go see him right now.** 我馬上去見他。
❺ **Did he mention anything about the project?** 他有提到專案的事嗎？

關鍵文法不能忘

助動詞＋主詞	+	動詞＋副詞
Could you		speak a bit louder?

這是一個客氣的詢問句型，用來表達建議或要求，以下是其他的相關例句：

- **Could you drive a bit faster?** 可以開快一點嗎？
- **Could you jump a bit higher?** 可以跳高一點嗎？
- **Could you play a bit softer?** 可以彈奏輕柔一點嗎？
- **Could you walk a bit more slowly?** 可以走慢一點嗎？
- **Could you dive a bit deeper?** 可以潛得更深一點嗎？

用字精準要到位

「怎麼了？」要怎麼說呢？

√ **What's the matter?**
× **What's matter?**

為什麼呢？

問別人「怎麼了？」「發生什麼事了？」可以說 What's the matter? 或者 What's wrong? 但千萬不能說 What's matter?。因為有 matter的時候，前面一定要加定冠詞 the。

Unit 42 Joining the Conversation
加入對話

先從對話開始聽 Track 042

A: Sorry to **interrupt** you guys, but Red Sox will take this one **hands down**.	抱歉打斷你們講話，不過紅襪隊一定能輕易贏得這場比賽。
B: No way. They've had a bad season **so far**.	不可能。他們這季到目前為止表現得很差。
A: $30 **bucks** says you're wrong!	我賭三十美元，賭你們都錯了。
B: I'd rather bet you $50 that you are wrong!	我寧願賭五十美元，賭你錯了。
A: Are you sure? As far as I can **recall**, you **lost the bet** last time.	你確定嗎？我沒記錯的話，你上次已經賭輸了。
B: That's because I was **drunk**!	那是因為我醉了！
A: Come on. You said it **all the time**!	拜託，你每次都這樣講！

再學習單字片語

- interrupt v. 打斷；干擾
- hands down ph. 輕而易舉 → 補充 easy and breezy 簡單至極
- so far ph. 到目前為止
- buck n. 一美元（口語）
- recall v. 回憶；回想
- loss the bet ph. 打賭輸了
- drunk adj. 喝醉的 → 補充 sober 清醒的
- all the time ph. 總是

換句話說一次學

❶ **Who do you think will get a perfect score in the final exam?**
你覺得這次期末考誰會拿滿分？

❷ **I think our class leader will pass with flying colors.**
我覺得我們班長能輕易拿下高分。
❸ **Do you mind if I cut in?** 介意我插個話嗎？
❹ **I agree with you there.** 我同意你的看法。
❺ **Please don't keep interrupting our conversation.**
請不要一直打斷我們的談話。

關鍵文法不能忘

疑問詞＋插入句	+	助動詞＋動詞（＋受詞／其他補語）
Who do you think		**will win this game?**

這是個詢問他人意見的實用句型，留意插入句「do you think」的位置，以下是其他的相關例句：

- **Who do you think will take part in the competition?**
  你覺得誰會參加競賽？
- **Who do you think will turn out to be a better man?**
  你覺得誰會變成好男人？
- **Who do you think will run the marathon?** 你覺得誰會參加馬拉松？
- **Who do you think will be elected as the President this year?**
  你覺得今年誰會當選總統？
- **Who do you think will perform in the play?**
  你覺得誰會在這部戲劇裡演出？

用字精準要到位

「他們打得很爛。」要怎麼說呢？

√ **They suck!**
× **They bad!**

為什麼呢？

而 suck 這個詞在口語當中非常常用，是俚語「糟糕的」的意思。例如：This football team really sucks. 這個足球隊真爛！

Unit 43 How Do I Look?

打扮意見

先從對話開始聽 Track 043

A: You look good. Do you have a date?	妳看起來不錯哦。要去約會嗎？
B: Yes. Howard. **Be honest with** me, how do I look?	是的，霍華德，老實跟我說，我看起來如何？
A: You look gorgeous. Nice skirt. You should wear **skirt**s more often.	妳看起來美極了。很好看的裙子。妳應該要多穿裙子才對。
B: You really think so? **I always thought I had chubby ankles.**	你真的這樣覺得嗎？我一直以為我的腳踝肥肥的。
A: No, your legs are **straight**.	哪有，妳的腿很直。
B: I'm just not confident enough.	我只是不夠有自信。
A: I don't see why. You're a pretty girl!	我不明白。你是漂亮的女孩！

再學習單字片語

- be honest with *ph.* 誠實 → **補充** lie 說謊
- skirt *n.* 裙子 → **補充** pants 褲子
- chubby *adj.* 圓潤的；圓胖的
- ankle *n.* 腳踝
- straight *adj.* 直的

換句話說一次學

❶ **This dress is so tight for me. Do you have other sizes?**
這件洋裝太緊了。你有其他尺寸嗎？

❷ **No, you look stunning in it.** 不會啊，妳穿這件看起來好迷人喔。
❸ **What do you think? Don't you think she's beautiful?**
你覺得呢？你不覺得她很美嗎？
❹ **Don't try to sweet-talk me.** 別想對我甜言蜜語的。
❺ **I mean it.** 我是說真的。

關鍵文法不能忘

主詞＋頻率副詞＋動詞過去式	+	子句（過去式）
I always thought		**I had chubby ankles.**

主要句子與子句都是過去式，並搭配頻率副詞「always」，用來表示「原木一直以為……」，但事實卻不一定跟所想的一致；以下的例子也是使用同樣的文法概念：

- **I always thought I was a pessimistic person.**
  我一直以為我是個悲觀的人。
- **I always thought he was a liar.** 我一直以為他是個騙子。
- **She always thought I was a man of my words.**
  她一直以為我是個守信用的人。
- **We always thought they were graduate students.**
  我們一直以為他們是研究生。
- **You always thought she was a kind-hearted woman, but she isn't.** 你一直以為她是個好心腸的女人，但她不是。

用字精準要到位

「很好看的裙子。」要怎麼說呢？

ⓥ **Nice skirt.**
ⓧ **Good skirt.**

為什麼呢？

要稱讚一個事物以表現喜歡，通常會直接用「nice＋事物」來表示。使用 good 的話，通常為讚許對方的行為或表現，譬如「good girl」（好女孩）等等。

Unit 44 Giving a Piece of Advice

提供意見

先從對話開始聽 Track 044

A: Ian, you don't look good. What's bothering you?	伊恩，你看起來不太好。什麼事讓你煩惱？
B: I'll never finish my **assignment** by today!	我今天一定無法完成我的作業。
A: Why don't you **ask for** an **extension**?	你為什麼不要求延長時間呢？
B: **I don't think it's gonna work.** Ms. Brown won't **agree**. She totally hates me!	沒有用的啦。布朗老師不會同意的。她真的很討厭我。
A: No, she doesn't hate you. Just go to talk to her. You never know.	她才不討厭你。你就去跟她談談嘛。不試試怎麼知道不行呢？
B: Yeah, I think you're right. OK. I'll call her **right now**.	是啊，我想妳說得對。好吧，我現在就打電話給她。
A: Good for you and good luck.	做得好，祝你好運。

再學習單字片語

- assignment n. 作業 → 近 homework 作業
- ask for ph. 要求
- extension n. 延長
- agree v. 同意 → 近 consent 同意
- right now ph. 現在

換句話說一次學

❶ **How can you get the paper done in such a short time?**
你怎麼有辦法在這麼短的時間內完成報告？

❷ **I'm glad I helped.** 很高興我幫上了忙。

❸ **Why don't you give her a call and tell her the truth?**
你為何不打電話，跟她實話實說呢？

❹ **Thanks for the advice. It helps a lot.** 謝謝你的建議，對我非常有用。

關鍵文法不能忘

主詞＋否定助動詞＋動詞	+	子句
I don't think		it's gonna work.

這個句型的重點在於，要表達否定意味時，「don't」要放在主句，這樣的用法比較委婉，也是美語人士慣常使用的說話方式；以下的例子也是使用同樣的文法概念：

- **She doesn't think I'll get promoted.** 她不覺得我會獲得升遷。
- **He doesn't think your plan will work.** 他不覺得你的計畫可行。
- **We don't think he'll be here on time.** 我們不覺得他會準時到達。
- **I don't think she is a good sister.** 我不覺得她是個好妹妹。
- **They don't think you are on the right track.**
  他們不覺得你們在正軌上。

用字精準要到位

「就去和她談談。」要怎麼說呢？

✓ **Just go talk to her.**
✗ **Just go speak to her.**

為什麼呢？

speak 和 talk 都有「說話」的意思。speak 常適用於嚴肅的話題或正式的場合，另外，也可表達使用的語言，如 speak English、speak Chinese；而 talk 常用在閒聊的話題或一般情況。

Unit 45 Replying to Questions 回應他人問題

先從對話開始聽 Track 045

A: Phoebe, do you like to **eat out** every day?	菲比，妳喜歡每天外食嗎？
B: No, I don't. But I have to.	不喜歡啊，但是我必須餐餐在外面解決。
A: Why? Because you're not a good **cook**?	為什麼？是因為妳不會做菜嗎？
B: You've got it. I can't even **tell** salt **from** sugar.	答對了！我連鹽和糖都分不清楚呢。
A: Haha! It's hilarious.	哈哈！妳很搞笑耶！
B: **What's so funny about that?** I'm **serious**.	有什麼好笑的？我是很嚴肅地在說這件事耶。
A: Maybe you can learn how to cook. It can be fun.	或許妳可以學著煮飯啊，搞不好很有趣。
B: Perhaps you are right. I'll try some other day.	或許你是對的。改天我再試試。

再學習單字片語

- eat out *ph.* 外食 → 補充 eat in 在家用餐
- cook *n.* 廚師
- tell A from B *ph.* 分辨
- serious *adj.* 嚴肅的 → 補充 relax 放鬆

換句話說一次學

❶ **Do you like to eat in every day?** 你喜歡每天在家吃飯嗎？

❷ **I love eating in. My mom is the best cook in the whole world.**
我喜歡在家吃飯。我老媽是全世界最棒的廚師。

❸ **Because I'm not good at cooking, I have to eat out a lot.**
因為我不太會做菜，所以要常常在外面吃。

❹ **Bingo!** 答對了！

❺ **She can't tell which is which.** 她分不出哪個是哪個。

關鍵文法不能忘

疑問詞＋be動詞	+	so＋形容詞＋介系詞＋受詞
What is		so funny about that?

這是一個很口語化的日常句型，依照語氣與上下文，有時會帶點不以為然的意味；以下的例子也是使用同樣的文法概念：

- **What's so special about that?** 那有什麼特別的嗎？
- **What's so good about that?** 那有什麼好的嗎？
- **What's so wonderful about that?** 那有那麼棒嗎？
- **What's so hard about that?** 那有什麼難的嗎？
- **What's so bad about that?** 那有什麼不好的嗎？

用字精準要到位

「因為妳不會做菜嗎？」要怎麼說呢？

ⓥ **Because you're not a good cook?**

ⓧ **Because you're not a good cooker?**

為什麼呢？

cook 和 cooker 是經常被弄混的兩個單字。首先一定要區分開兩者的意思：cook 是「廚師」；而 cooker 是指「炊具、爐灶」。

Unit 46 Apologizing for Misunderstanding
為誤解道歉

先從對話開始聽 Track 046

A: Polly. Are you **taking a day off**?	波莉，妳休假嗎？
B: No. Now I'm **unemployed**.	不，我失業了。
A: I didn't know you were **fire**d. What happened?	我不知道妳被開除了。發生什麼事了？
B: They didn't fire me. I **quit**.	我沒有被開除。是我自己辭職的。
A: Oh, I'm so sorry. **I must have heard it wrong.**	噢，真抱歉。我一定是聽錯了。
B: It's okay. I didn't **make it clear**, either.	沒關係，我也沒有說清楚。
A: But why did you quit your job?	不過妳為什麼要辭職？
B: Because I did not want to be stuck in a **dead-end** job.	因為我不想待在一個沒有發展性的工作上。
A: I see. But what are you going to do now?	我瞭解。不過妳現在有何打算？
B: Don't **worry**. I've **land**ed a job at StarTrek Co.	別擔心。我在星際公司找到一份工作了。

再學習單字片語

- take a day off *ph.* 休假
- umemployed *adj.* 待業的；沒有工作的 → 近 jobless 沒有工作的
- fire *v.* 開除
- quit *v.* 辭職 → 近 resign 辭職
- make sth. clear *ph.* 表達清楚

- dead-end adj. 沒有發展性的 → 補充 promising 有前景的
- worry v. 擔心
- land v. 獲得

換句話說一次學

❶ **I didn't know you're married.** 我不知道你已婚。
❷ **I'm not Mrs. Chen. I'm Miss Chen. I'm single.**
我不是陳太太，我是陳小姐。我還沒結婚。
❸ **You must have said something wrong.** 你一定是說錯話了。
❹ **She put her foot in her mouth.** 她失言了。
❺ **Never mind.** 沒關係。

關鍵文法不能忘

主詞＋must+have	+	過去分詞＋受詞補語
I must have		heard it wrong.

這個句型裡有完成式，所以是指已經發生過的事，表示「一定是……了」，強調做過的事，依照上下文及語氣，有時會帶有遺憾的意味；以下的例子也是使用同樣的文法概念：

- **I must have said something wrong.** 我一定是說錯話了。
- **He must have loved you.** 他一定愛過你。
- **She must have fallen asleep.** 她一定是睡著了。
- **They must have been here before.** 他們之前一定來過這裡。

用字精準要到位

「怎麼了？」要怎麼說呢？

(√) **What happened?**
(×) **What happening?**

為什麼呢？

詢問「怎麼了？」「發生什麼事了？」可以說：What happened? 或者 What's happening?。使用 happen 的現在分詞形式的話，那麼一定要有 be 動詞。

Unit 47 Giving a Compliment
讚美他人

先從對話開始聽 Track 047

A: Why are you so happy today? Kent.	肯特，你今天怎麼那麼高興啊？
B: I **pass**ed my **calculus exam**!	我通過微積分的考試了！
A: Wow, good for you! Now you can **relax** and get some sleep.	哇，太好了！現在你可以放輕鬆，好好睡一下了。
B: Yeah. **I never thought I could pass the exam.** I was so **nervous**!	對啊。我沒想到可以過關。我好緊張呢！
A: I always knew you could do it. You **work**ed really **hard on** it.	我一直都知道你可以的，因為你真的很用功。
B: Thanks! Ah, I totally need some sleep now!	謝了！啊，我現在真的得好好睡一覺了！
A: You sure do. Go get some rest now. You look pale!	沒錯。快去休息吧。你臉色好蒼白呢！

再學習單字片語

- pass *v.* 通過 → **補充** fail/ flunk 被當；沒通過
- calculus *n.* 微積分
- exam *n.* 考試
- relax *v.* 放鬆
- nervous *adj.* 緊張的
- work hard on *ph.* 認真；努力

換句話說一次學

❶ **I passed the audition!** 我通過試鏡了！
❷ **Way to go!** 做得好啊！
❸ **You deserve it.** 這是你應得的。
❹ **It is too good to be true.** 簡直像在作夢一般。
❺ **Well done.** 做得很好。

關鍵文法不能忘

主詞＋never＋過去分詞	+	子句
I never thought		I could pass the exam.

這個句型是用來表示「認為的事情與現在情形相反」的狀況，所以使用過去式，因為現在知道真正的情形，所以是指「過去」認為的事；以下的例子也是使用同樣的文法概念：

- **I never thought I could land a good job.**
  我以為我絕對不會得到好工作。
- **He never thought he could make it.** 他以為自己沒辦法達成任務。
- **She never thought she would love him so much.**
  她沒想過自己會愛他那麼深。
- **They never thought they would win.** 他們以為自己不可能會獲勝。
- **We never thought we could get there.**
  我們以為自己絕對辦不到。

用字精準要到位

「你臉色蒼白！」要怎麼說呢？

√ **You look pale!**
× **You look white!**

為什麼呢？

雖然 white 和 pale 都有「白的」的意思。但是 white 一般指「白色的、白種的、純潔的」的意思；而 pale 指的是「蒼白的、灰白的、暗淡的、無力的」。形容人「面色蒼白」應該用 pale 而不能用 white。

Unit 48 Saying Yes to an Invitation
接受邀請

先從對話開始聽 Track 048

A: Hi, Jerry. I've been looking for you. **Will you be free tomorrow night?**	嗨，傑瑞，我一直在找你呢。你明天晚上有空嗎？
B: I am still planning.	我還在計畫呢！
A: **A bunch of** us are going to the **Lantern Festival**. It should be much fun. Do you want to join us?	我們一群人要去逛燈會，一定會很好玩，你要不要一起去？
B: Thank you for the **invitation**. I've been **look**ing **forward to** going to that festival.	謝謝妳的邀請，我一直很期待去看燈會。
A: Great! See you tomorrow!	太棒了！那明天見囉！
B: See you.	明天見！

再學習單字片語

- free *adj.* 有空的 → 近 available 有空檔的
- a bunch of *ph.* 一群
- Lantern Festival *ph.* 燈會
- invitation *n.* 邀請
- look forward to *ph.* 期待

換句話說一次學

❶ **Will you be available next weekend?** 你下個週末有空嗎？
❷ **Do you have any plans for this week?** 你這星期有什麼計畫嗎？
❸ **Would you like to go shopping with us?** 你要跟我們一起去購物嗎？
❹ **It should be a lot of fun.** 那一定很好玩。
❺ **Thank you for inviting me.** 謝謝你邀請我。

關鍵文法不能忘

主詞＋will	+	原形動詞＋時間
Will you		be free tomorrow night?

這個句型是未來式，因為「will」有「將要」的意思，後面經常會接未來的時間副詞，例如：tomorrow morning（明天早上）、tomorrow（明天）、the day after tomorrow（後天）、next week（下星期）、next year（明年）等。要轉變疑問句時，只需把「will」移至主詞的前面，例如：Will you be free tomorrow night?；以下的例子也是使用同樣的文法概念：

- **School will begin next Monday.** 下星期一就要開學了。
- **My father will be sixty years old next week.**
  我爸爸下星期就六十歲了。
- **Will you be there tomorrow?** 你明天會在那裡嗎？
- **Will he tell us the truth?** 他會告訴我們實話嗎？

用字精準要到位

「我很期待去參加燈會。」要怎麼說呢？

ⓥ **I've been looking forward to going to the Lantern Festival.**
ⓧ **I've been looking forward to go to the Lantern Festival.**

為什麼呢？

片語 look forward to 意為「期望、盼望、展望」。後面接的是 v-ing 形式。也就是說，在此句中不能直接加原形動詞 go 而應該用 going。

Unit 49 Changing the Subject
改變話題

先從對話開始聽 Track 049

A: I'll be **moving into** my new **apartment** next week.	我下星期要搬進我的新公寓。
B: **Do you need any help?**	你需要幫忙嗎？
A: It's okay. My brother **hire**d **mover**s and they make a **reasonable charge** for all the service. It's quite a good **deal**.	沒關係，我哥哥有請搬家工人，而且他們所有服務的收費都很合理。相當划算。
B: Speaking of your brother, what's everything going with him?	說到你哥，他最近好嗎？
A: He's going to study **abroad**.	他要出國念書了。
B: That is his dream! He must be very **excited**.	那是他的夢想耶！他一定非常興奮。
A: Absolutely. I am also happy for him.	當然嘍。我也很為他高興。

再學習單字片語

- move into ph. 搬入 → 補充 move out of 搬出
- apartment n. 公寓
- hire v. 雇用
- mover n. 搬家工人
- reasonable adj. 合理的
- charge v. 收費 → 近 cost 花費
- deal n. 交易
- abroad adv. 海外的
- excited adj. 興奮的

換句話說一次學

❶ **I'll hire movers to help me.** 我會請搬家工人來幫我。
❷ **They gave me a good deal.** 他們給我不錯的價格。
❸ **Speaking of my sister, did you know that she's pregnant?**
說到我姊，你知道她懷孕了嗎？
❹ **He's really thrilled.** 他很興奮。
❺ **She's really delighted.** 她好高興。

關鍵文法不能忘

助動詞＋主詞	+	原形動詞＋受詞
Do you		**need any help?**

Do 放在句首，且句尾用問號，表示這是一個疑問句型，要注意的是，在主詞後面一定要接原形動詞。根據時態的不同，Do 也可能換成 Did（過去式）。例如：

- **Did you call your dad last night?**
你昨晚有打電話給你爸嗎？

主詞是第三人稱單數（he/ she/ it/ my friend/ my dog...）時，Do 必須換成 Does，例如：

- **Does he speak Chinese?** 他說中文嗎？
- **Does your husband treat you nice?** 你老公對你好嗎？

用字精準要到位

「他要出國讀書。」要怎麼說呢？

ⓥ **He's going to study abroad.**
ⓧ **He's going to study in abroad.**

為什麼呢？

abroad 本身就有副詞詞性，意為「在國外、到海外」。所以直接說study abroad 就好，中間無須再使用介系詞 In。

Unit 50 Continuing the Conversation 讓談話持續進行

先從對話開始聽 Track 050

A: What a beautiful day! We **certainly** need more days like this.	天氣真好啊！我們的確需要多一點這種好天氣。
B: Yeah. **Global** warming concerns me. **It seems that we never know how the weather will be.**	是啊！全球暖化令我擔心，我們似乎無法知道氣候將會如何改變？
A: And we can't always **rely on weather report**s now.	而且我們現在也不能總是依賴天氣預報。
B: Do you find your **customer**s are happier on sunny days like today?	你有沒有發現你的顧客在今天這樣的好天氣，會變得比較開心？
A: Oh, yes. And they **chat** with me more.	哦，有啊！而且他們更會和我閒話家常呢。
B: Which means the **sales** may increase because you are a good **salesperson**?	這也代表銷售會增加因為你是很棒的銷售員？
A: Well, I guess you can say so.	這個嘛，也是可以這麼說。

再學習單字片語

- certainly *adv.* 確實
- global *adj.* 全球的
- rely on *ph.* 依賴 → 近 depend on 仰賴
- weather report *ph.* 天氣預報 → 補充 weather forecast 天氣預報
- customer *n.* 顧客
- chat *v.* 聊天

- sales n. 銷售（量）
- salesperson n. 銷售員

換句話說一次學

❶ **What a lovely day!** 天氣真好啊！

❷ **How wonderful today is!** 天氣真好啊！

❸ **Your parents worry about you.** 你的父母擔心你。

❹ **We never know what the weather will be like.**
我們不知道天氣將會是如何。

❺ **Who knows what will the weather be like?** 誰知道天氣將會是如何？

關鍵文法不能忘

主詞＋seem	+	that 子句
It seems		that we never know how the weather will be.

seem 是動詞，指的是「似乎、看來好像要」，所以這個句型的含意是「某件事看起來似乎……」。例如：

- **It seems that we need to call the police.**
  我們似乎需要報警處理。
- **It seems that you've already got through it!**
  看起來你似乎已經撐過去了！

用字精準要到位

「今天天氣真好！」要怎麼說呢？

√ **What a beautiful day!**

× **How a beautiful day!**

為什麼呢？

由 what 引出的感嘆句其基本結構是「what + a(n) + 形容詞 + 名詞+ 主語 + 謂語」，如 What a clever boy he is! 他是多麼聰明的孩子呀。由how 引出的感嘆句基本結構是「how + 形容詞或副詞 + 主語 + 謂語」，如 How tall the man is! 那個人真高！

Chapter 2

職場萬事通

Unit 51 Self-introduction
自我介紹

先從對話開始聽 Track 051

A: Hello, everyone. I'm your new **colleague** Cathy. Nice to meet you.	大家好，我是你們的新同事凱西，很高興見到你們。
B: Nice to meet you, too. Could you please tell us more about yourself?	我們也很高興見到妳。告訴我們更多關於妳的事情吧！
A: I am trying to make my **dream come true** here. I've always wanted to work in the technology field. I hope I can make progress with all of you.	我在努力實現自己的夢想。我一直以來都想在科技業工作，希望我能在這裡與各位一起進步。
B: Then do you have any **expectation** to us?	那麼，妳對我們有什麼期望呢？
A: **I only hope you can give me a hand if I have difficulty in my work someday.** Haha!	我希望之後要是我工作上遇到了困難，你們能夠伸出援手。
B: No problem! We'd love to help you if you need.	沒問題！如果妳需要的話，我們很願意幫妳。
A: Also, if I make any mistakes, please correct me!	以及，如果我犯了錯誤，請立即指正我！

再學習單字片語

- colleague n. 同事 → 同 co-worker 工作夥伴
- dream come true ph. 夢想成真
- expectation n. 期待；盼望
- give sb. a hand ph. 幫助某人

換句話說一次學

❶ **I hope I can assist you with your work.** 我希望我能在工作上協助你。
❷ **I am new here.** 我是這裡的新人。
❸ **We can help each other out.** 我們可以互相幫助。
❹ **I will introduce myself briefly.** 我做個簡單的自我介紹。
❺ **What do you want to get in the company?** 你想在這家公司得到什麼？

關鍵文法不能忘

I hope		that 子句
I hope	+	(that) you can give me a hand if I have difficulty in my work someday.

此句型表達「某人希望……」I hope you can give me a hand if I have difficulty in my work someday.（我希望之後我工作上遇到了困難，你們能夠伸出援手。）實際上這是一個省略了 that 的子句，you can give me a hand 實際上是 hope 的受詞；以下的例子也是使用同樣的文法概念：

- **I hope that I can find the hidden treasure.** 我希望能找到那個被藏起來的寶藏。
- **I hope that I didn't misunderstand you.** 我希望我沒有誤解你。
- **I hope that I have mentioned all the points.** 我希望我提到了所有的要點。
- **I hope that you will have a wonderful journey.** 我希望你會有個精彩的旅程。
- **I hope that you can come earlier.** 我希望你能早點來。

用字精準要到位

「我在努力實現我的夢想。」要怎麼說呢？

(√) **I am trying to make my dream come true.**
(×) **I am trying to make my dream coming true.**

為什麼呢？

片語 come true 意為「（預言、期望等）實現、成真」。由於 make 後面用原形動詞，所以在此不能用 coming true，需選擇原形動詞。

Unit 52 Meeting with the Supervisor 會見直屬上司

先從對話開始聽 Track 052

A: Nice to **meet** you, Sara. I am **in charge of** this department. You can call me Tom. Tea?	很高興見到妳，莎拉。我是這個部門的負責人，妳可以叫我湯姆。需要喝茶嗎？
B: I'm good. Thank you.	沒關係，謝謝。
A: In our company, we expect our new staff to work **from the bottom** and work up later on.	在我們這個公司，希望新員工能從基層做起，再逐漸地往上升職。
B: Okay. I will **do my best**. I know I **am fit for** this position.	好的，我會好好努力。我知道我能勝任這個工作。
A: That's good. **I believe you can make it. As the old saying goes,** no pain no gain.	很好。我相信妳能成功的。俗話說，一分耕耘一分收穫。
B: Thank you. I'll **keep that in mind**.	謝謝，我會謹記在心。
A: Good. Your work begins this afternoon.	很好。你的工作從下午開始。

再學習單字片語

- meet v. 會見；遇見
- in charge of ph. 負責 → 近 be responsible for 負責
- from the bottom ph. 從底部
- do ones' best ph. 盡全力

- be fit for ph. 適合；勝任 → 近 be suitable for 適合
- as the old saying goes ph. 俗話說
- keep sth. in mind ph. 謹記在心

換句話說一次學

❶ **This is our manager, Alice.** 這是我們的經理，愛麗絲。
❷ **Can you tell me more about my job?** 能跟我談談我的工作內容嗎？
❸ **I really appreciate this opportunity.** 真的很感謝有這次機會。
❹ **He is in charge of this team.** 他是這個團隊的負責人。

關鍵文法不能忘

主詞＋believe	+	that 子句
I believe		(that) you can make it.

sb. believe + that 引導的子句，這個句型用 that 引導的子句來表示 believe 的內容。我們也可以把 believe 換成是 think/ guess 等動詞；以下的例子也是使用同樣的文法概念：

- **Do you believe he finished the job all by himself?**
  你相信他獨自一人完成工作嗎？
- **I can't believe that he still joined this contest!**
  我真不敢相信他仍然來參加這個比賽！

用字精準要到位

「我負責這個部門。」要怎麼說呢？

Ⓥ **I'm in charge of this department.**
ⓧ **I'm in charge to this department.**

為什麼呢？

片語 to be in charge of 是指負責管理或處理某件事物的意思，不可隨意更換介系詞的搭配。

Unit 53 Work Introduction
職前工作說明

先從對話開始聽 Track 053

A: Hi, Mike! I heard that you're looking for me?	嗨，邁克！聽說你在找我？
B: **Have you finished the talk with David?** Are you **available** now?	妳和大衛已經談完了？妳現在有空嗎？
A: Yeah, we have finished talking. He said that you'll tell me what to do next.	是的，我們已經談完了。他說你會告訴我接下來要做什麼。
B: As a new employee, you are going to **be responsible for** some basic tasks first. For example, **rearranging** files and **document** the order lists.	身為一個新員工，妳必須要先負責一些基本的工作。譬如整理檔案和替訂購清單建檔。
A: I see. If I have some problems, may I **speak out** directly?	我明白了。如果我遇到問題的話，我能直接說出來嗎？
B: Don't hesitate to tell us if you have a problem.	有問題就直接發問！
A: OK! Thanks for your **instruction**s.	好的。謝謝您的指導！

再學習單字片語

- finish *v.* 結束
- available *adj.* 有空的 → 近 free 有空的
- be responsible for *ph.* 負責
- rearrange *v.* 重新整理
- document *v.* 建立檔案
- speak out *ph.* 說出
- instruction *n.* 指導

換句話說一次學

❶ **It must be a challenging and promising job.**
它一定是個具挑戰性及前景的工作。

❷ **I am available this afternoon.** 我下午有空。
❸ **The harder you work, the more progress you make.**
你越努力，就會進步越多。
❹ **You should be responsible for this accident.** 你應該對這起意外負責。
❺ **It's a pleasure to work with you.** 很高興跟你們一起工作。
❻ **May I have the honor to know your name?** 我能知道你的名字嗎？

關鍵文法不能忘

Have you	+	過去分詞＋受詞＋（其他）
Have you		finished the talk with David?

Have you finished the talk with David? 這句話的意思是「你和大衛談完了嗎？」是典型的現在完成式，它的句型即為「have＋過去分詞」，如 Have you done your homework yet?（你寫完作業了嗎？）、I have decided to quit my job.（我已經決定要辭掉工作。）；以下的例子也是使用同樣的文法概念：

- **Have you completed the paper?** 你完成了報告嗎？
- **I have stayed in the city for 8 years.** 我已經在這座城市待八年了。
- **Have you heard of the rumor?** 你聽說謠言了嗎？
- **I have bought the house.** 我已經買下房子了。
- **Have you read that fable?** 你讀過那個寓言嗎？

用字精準要到位

「我明白了。」要怎麼說呢？

Ⓥ **I see.**
ⓧ **I look.**

為什麼呢？

雖然 look 和 see 都有「看見」的意思，但是 I see 是「我知道」的意思，相當於 I know。所以不能用 I look。

Unit 54 Asking about Company Policies 詢問公司制度

先從**對話**開始聽 Track 054

A: Congrats, Sarah. We decided to agree to your ask for a **pay raise**. Our company provides every **employee** here with a good welfare so that they can **concentrate on** their work.	恭喜妳，莎拉。我們決定同意妳加薪的要求。我們公司提供相當好的福利政策給每一位員工，目的就是要讓他們能專心工作。
B: Wow, thank you. Also, can you tell me more about the **attendance record**? Shall we talk about the welfare policies?	哇，真的太感謝了！另外，您介意告訴我一些關於出缺勤紀錄的事嗎？我們是否可以談談福利制度？
A: **You need to work for eight hours per day**, from 9 a.m. to 6 p.m. Every month you get three days off except the weekend and national holidays.	妳需要每天工作八小時，從早上九點到晚上六點。除了國定節日和週末外，每個月還有三天假。
B: Wow, it sounds not bad.	哇哦，聽起來還不錯。
A: Yes, so **in reverse**, we expect you to **exert** your **expertise** and bring **profits** to our company.	沒錯，所以相對地，我們期望你一展長才，替公司帶來效益。
B: That's for sure!	那當然！

再學習**單字片語**

- pay raise *ph.* 加薪
- employee *n.* 員工；僱員 → 近 staff 員工
- concentrate on *ph.* 專注於 → 近 focus on 專心於

- attendance record ph. 出缺勤紀錄
- in reverse ph. 反過來地
- exert v. 施展；運用
- expertise n. 專長；專業
- profit n. 利潤；盈利

換句話說一次學

❶ **What about my wage?** 我的薪水如何呢？

❷ **Is there anything you want to tell me?** 還有別的事情要告訴我嗎？

❸ **Does your company give out annual bonuses to its employees?**
你公司會發年終獎金給員工嗎？

❹ **Don't come in late and leave early.** 不要遲到早退。

❺ **I hope I can find a job with an excellent boss and a high salary.**
我希望找到一個老闆好、薪水多的工作。

關鍵文法不能忘

主詞＋need	+	不定詞＋介系詞片語
You need		to work for eight hours per day.

sb. need to do sth. 這個句型表達的意思是某人需要做某事。need 後面接續的是不定詞，而在不定詞後面可以接續介詞片語，也可以接續該動詞的受詞；以下的例子也是使用同樣的文法概念：

- **We need to work hard.** 我們需要繼續努力。
- **We need to give him authority to do that.**
我們需要給他辦此事的權力。

用字精準要到位

「我們該談談福利制度嗎？」要怎麼說呢？

(√) **Shall we talk about the welfare policies?**

(×) **Will we talk about the welfare policies?**

為什麼呢？

will 和 shall 的區別是：shall 一般用於第一人稱，比如 shall we go to the park?而 will 一般用於第二三人稱 will you go with me?

Unit 55 Having Lunch with Colleagues 與同事共進午餐

先從對話開始聽 Track 055

A: Oh, **it's time for lunch**. But I don't know where the **restaurant** is.	噢，該吃午餐了。但是我不知道餐廳在哪呢！
B: Follow me. I'll treat you to **lunch**. Consider it as a kind **gesture** we offer to a newbie. Haha!	跟著我走，我就順便請你吃個飯吧。當作是我們公司對菜鳥的善意表現，哈哈！
A: Thank you very much, Sarah. I do need to **get familiar with** these **trivialities** so that I won't **waste** too much time on them and **cause you trouble**.	非常謝謝妳，莎拉！我覺得我該熟悉一下這些瑣事，以便日後在這些事上不會浪費太多時間，造成妳的麻煩。
B: No worries. Have you got to know your work now? Don't feel too bad to ask for help.	沒關係。你現在熟悉你的工作內容了嗎？有問題不要不好意思問喔。
A: That's so kind of you, and yes, I've had a **rough** understanding of my responsibilities.	妳人真好！我已經大致知道我的職務了。
B: Good. Let's go and have our lunch!	好。那麼我們去吃午餐吧！

再學習單字片語

- restaurant *n.* 餐廳
- lunch *n.* 午餐
- gesture *n.* 手勢；表示
- get familiar with *ph.* 熟悉
- triviality *n.* 瑣碎之事
- waste *v.* 浪費
- cause sb. trouble *ph.* 造成別人麻煩 → 近 give sb. trouble 使別人不便
- rough *adj.* 粗略地；大致上的 → 補充 basic 基本的

換句話說一次學

❶ **I know of him, but I don't know him personally.**
我知道有他這個人，可是我並不認識他。

❷ **Excuse me, may I ask where I can have my lunch?**
打擾了，請問哪裡可以吃午餐？

❸ **Could you tell me how to get to the restaurant nearby?**
你能告訴我怎麼去附近的餐廳嗎？

❹ **The manager thinks it's a waste of time.** 經理認為這是在浪費時間。

❺ **I need to get familiar with the surroundings.** 我需要熟悉一下周圍的環境。

❻ **I feel too excited to say a word.** 我激動得說不出話來。

關鍵文法不能忘

It's time	+	for 名詞／to V.
It's time		for lunch.

表達該是吃午餐的時候了可以說 It's time for lunch. 或者可以說 It's time to have lunch. 如果要說「對某人來說是做什麼的時候了」，則用 It's time for sb. to do something. 如 It's time for me to deal with it.（是我該處理這件事的時候了。）；以下的例子也是使用同樣的文法概念：

- **It's time for bed.** 該睡覺了。
- **It's time for him to make a choice.** 是他該做出選擇的時候了。
- **It's time to give it back.** 該把它還回去了。
- **It's time for me to do something for myself.**
  是該為我自己做些事情的時候了。

用字精準要到位

「不用擔心。」要怎麼說呢？

✓ **No worries.**

✗ **Don't worries.**

為什麼呢？

Don't 後面需加上原形動詞，故若使用 don't，須改成「Don't worry.」。No worries. 則為固定用法，表示沒有需要擔心的事。

Unit 56 Getting Down to Real Work 實際接觸工作

先從對話開始聽 Track 056

A: I must have an **enterprise email** before I get to work. But I don't know how to **apply for** it.	我開始工作之前先要申請一個公司電子信箱，但是我不知道該怎麼申請。
B: Right, we must have an email **in order to** contact each other immediately. And with an enterprise email, **we can enjoy a high safety service as well as a high speed service.**	對，我們都必須要有一個電子信箱以便即時聯繫彼此。有了公司電子信箱後，我們就可以享受高安全性與高速的服務了。
A: And what's the **procedure** for having one?	要申請的話，有什麼程序嗎？
B: First, you must enter the management system of our company. Then you can start your application.	首先妳必須進入我們公司的管理系統，然後才能申請。
A: Do I need a company **code**?	我需要公司密碼嗎？
B: That's right. I'll give it to you later on.	沒錯。我稍後給你。

再學習單字片語

- enterprise email *ph.* 公司電子信箱
- apply for *ph.* 申請 → 近 register 註冊
- in order to *ph.* 為了 → 近 so as to 為了
- safety *n.* 安全
- speed *n.* 速度
- procedure *n.* 手續；程序
- code *n.* 密碼

換句話說一次學

❶ **It's so difficult for me to finish this task.** 完成這項工作對我來說很難。

❷ **Do you see my enclosure in the email?** 你有看見我在信裡的附件嗎？

❸ **I need enough data to fill in this form.** 我需要足夠的資料來完成這個表格。

❹ **It took me two weeks to get through all my work.**
我花了兩星期才做完所有的工作。

❺ **This plan sounds reasonable.** 這個計畫聽起來不錯！

關鍵文法不能忘

主詞＋動詞＋ 名詞／形容詞／動詞片語 We can enjoy a high safety service	+	as well as＋ 名詞／形容詞／動詞片語 as well as a high speed service.

sb.＋動詞＋名詞＋as well as＋名詞，這個句型中表示的是前後名詞的內容同時擁有或是存在。其中，as well as 的意思就是「……和……；既……又……」。在 as well as 前後的內容的成分必須相同，二者是並列的，可以是名詞，也可以是形容詞或動詞片語；以下的例子也是使用同樣的文法概念：

- **He went to the party as well as his brother.**
  他和他哥哥都出席了晚會。
- **He was kind as well as sensible.** 他既懂道理又善良。
- **You can bring your child as well as your husband here.**
  你可以把你的丈夫和孩子都帶來。
- **You can take this dress as well as this coat.**
  你可以拿走這件裙子和這件外套。
- **He grows rice as well as vegetables.** 他既種菜也種稻穀。

用字精準要到位

「我們都必須要有一個電子信箱以便即時聯繫彼此。」要怎麼說呢？

(√) **We must have an email in order to contact each other immediately.**

(×) **We must have an email in order that contact each other immediately.**

為什麼呢？

片語 in order that 和 in order to 都是「為了」的意思。但是 in order that 後面要接完整的句子，而 in order to 後面只能加原形動詞。

Unit 57 Job Assignment
工作分配

先從對話開始聽 Track 057

A: According to our general manager's **presentation**, our department is planning to **advertise** the new **product**s.	根據總經理剛才的簡報，我們部門將要進行新產品的宣傳工作。
B: The thing is that we have already tried lots of ways to change the **situation**. But **it doesn't work.** How can we carry on with our advertising **campaign**?	問題是，我們已經嘗試過了很多種方法來改善情況，但是都沒有奏效。我們該如何進行我們的宣傳活動呢？
A: That's a good question. **Consider**ing these, I will ask you to carry out a market survey.	這是個好問題。考慮到以上提到的這些問題，我要你們進行一次市場調查。
B: We will get right on it.	我們會馬上進行。
A: Good. Here are the **questionnaire**s.	好。這些是調查問卷。
B: When should we give you the result?	我們什麼時候要給你結果？
A: By the end of the week. It is okay?	這週末前。可以嗎？
B: No problem.	沒問題。

再學習單字片語

- presentation n 簡報
- advertise v 進行廣告宣傳
- product n 產品
- situation n 情況；情形 → 近 condition 情況
- campaign n 活動
- consider v 考慮；考量
- questionnaire n 問卷

換句話說一次學

❶ **The task will be completed on time.** 任務會準時完成。
❷ **Let's speed things up.** 讓我們加快工作速度。
❸ **How's the project going?** 專案進行得如何？
❹ **We're right on target.** 我們在按照計畫進行。
❺ **We're running a little behind.** 我們進度落後了一點。

關鍵文法不能忘

主詞＋don't/ doesn't	+	動詞原型
It doesn't		work.

主詞＋don't/ doesn't＋原形動詞，這個句型是一個否定句型。主詞除了 it 也可以是其他人稱代名詞或其他的事物。以下的例子也是使用同樣的文法概念：

- **The computer doesn't work.** 電腦不能用了。
- **You don't know the fact.** 你不知道真相。
- **She didn't come.** 她沒來。
- **He doesn't go there.** 他沒去那。
- **This plant doesn't grow anymore.** 這株植物不再生長了。

用字精準要到位

「我要你們進行一次市場調查。」要怎麼說呢？

(√) **I will ask you to carry out a market survey.**
(×) **I will ask you to carry away a market survey.**

為什麼呢？

片語 carry away 意為「帶走、沖走、搬走、沖昏……的頭腦」；片語 carry out 意為「實行、執行、完成、實現」。市場調查應該要「執行、完成」，所以要用 carry out。

Unit 58 Asking for Help
尋求同事幫助

先從**對話**開始聽 Track 058

A: Jerry, there are so many **document**s for me to deal with. I am afraid I can't **submit** them to our supervisor in time. Could you help me?	傑瑞，我現在手頭上有好多檔案必須處理。我怕我來不及交給主管。你能幫我一下嗎？
B: No problem. What can I help you with?	沒問題，我能幫妳做點什麼呢？
A: Great. Can you print the files and give it to me?	很好。你能把這些檔案列印出來交給我嗎？
B: Okay. Which **item**s are **require**d?	好的。哪些項目是妳需要的呢？
A: **All the headings should be put in the same row.**	所有的標題都要保持在同一行裡。
B: Ok, I see. I'll **make sure** all the items are **contain**ed.	好的，我明白了。我會確保所有的項目都有包含進來。
A: Thank you so much for your help.	太感謝你的幫助了。
B: Anytime.	別客氣。

再學習**單字片語**

- document *n* 文件
- submit *v* 提交 → 近 hand in 繳交
- item *n* 項目
- heading *n* 標題 → 補充 title 標題；content 內文
- require *v* 要求
- put in *ph* 放入
- make sure *ph* 確保
- contain *v* 包含

換句話說一次學

❶ **By the way, I love your hair that way.** 對了，我喜歡你的髮型。
❷ **I added all the items that you required.** 我加了所有你要求的事項。
❸ **The boss requires us to hold a meeting.** 老闆要求我們開個會。
❹ **How can you make sure you will accomplish it?** 你如何確保你會完成？
❺ **You put too much salt in this food.** 你在食物裡放太多鹽了。
❻ **I should take the responsibility for it.** 我應該為這件事負責。

關鍵文法不能忘

主詞	+	should＋原形動詞
All the headings		should be put in the same row.

表達應該做某事一定會用到 should，意為應該，如 You should keep doing it.（你應該繼續做下去。）、All the tasks should be finished in time without any mistakes.（所有的任務都必須及時並且毫無差錯地完成。）；以下的例子也是使用同樣的文法概念：

- **We should help the aged.** 我們應該幫助老人。
- **You should pay your debts.** 你應該還債。
- **You should leave at once.** 你應該馬上離開。
- **We should learn from each other.** 我們應該互相學習。
- **The concert should be really great.** 音樂會應該很棒。

用字精準要到位

「**非常感謝你的幫忙。**」要怎麼説呢？

✓ **Thank you so much for your help.**
✗ **Thank you so much to your help.**

為什麼呢？

片語 thank sb. for sth. 為固定用法，不可隨意變更介系詞，近義片語 be thankful to sb. for sth. 亦同。

Unit 59 Break Time at a Meeting

會議休息時間

先從對話開始聽 Track 059

A: Mike, what do you think of this issue?	邁克，對這個問題你有什麼看法？
B: There are many **factor**s **lead**ing **to** this result. If we had known it **in advance**, we would have avoided this.	有很多因素促成了這一結果。要是我們事前知道，就可以避免這樣的結果。
A: Yes, but the fact is that no one can **predict** that.	是啊，但是事實上，這是沒有人可以預料到的。
B: I think the most important thing is **how to change such a terrible situation** soon.	我認為現在最重要的事情是如何迅速改變當前糟糕的局面。
A: I agree. Only by multiplying our efforts can we **get out of** difficulties.	我同意。只有再加倍努力，我們才能擺脱困境。
B: Yes, it is!	沒錯！

再學習單字片語

- factor *n.* 因素
- lead to *ph.* 導致 → 近 result in/ give rise to 導致
- in advance *ph.* 提前、事先 → 近 beforehand 預先
- predict *v.* 預料
- terrible *adj.* 糟糕的
- get out of *ph.* 擺脱

換句話說一次學

❶ **You can take a break for fifteen minutes.** 你們可以休息十五分鐘。

❷ **We have to continue discussing.** 我們需要繼續討論。

❸ **The meeting was delayed because of several people's absence.**
由於幾個人缺席了，所以會議推遲。

❹ **We must put this thing at the first place.** 我們必須把這件事放在首位。

❺ **There are some ways to solve it.** 有幾個辦法可以解決這件事情。

關鍵文法不能忘

How to	+	原形動詞＋名詞
How to		change such a situation?

how to...? 這是一個省略句型。其中省略了主詞。以上面的句子來說，完整的說法應該是 How we can change such a situation? 省略的時候，how 後面接續的是 to 加上動詞原形，再加受詞；以下的例子也是使用同樣的文法概念：

- **Will you tell me how to use it?** 請告訴我怎樣使用這個？
- **Does your husband know how to cook?** 你丈夫會做飯嗎？
- **Have you considered how to get there?**
  你是否考慮過如何達成目標？
- **Could you tell me how to copy that?**
  你能告訴我如何複製這個嗎？

用字精準要到位

「對這個問題你有什麼看法？」要怎麼說呢？

✓ **What do you think of this issue?**

✗ **What do you think this issue?**

為什麼呢？

認為什麼怎麼樣可以用這個句型：What do you think of sth.? 如果後面有名詞，那麼就一定要有介系詞 of。但是如果後面沒有名詞，單獨說：What do you think? 也是可以的。

Unit 60 Company Trip 員工旅遊

先從對話開始聽 Track 060

A: Hey, guys, a piece of good news! Want to hear?	嘿，同事們，有好消息了！想不想聽啊？
B: What news?	什麼消息啊？
A: We can have a holiday this time, for we have **made profit**s. Where do you want to go?	我們這次的銷售賺錢了，因此我們可以去旅遊。你們想去哪裡啊？
B: We can go to Thailand! There is blue sea, breeze and so on there. And we can **sunbathe on the beach**. I have been **dream**ing **of** going there.	我們可以去泰國！那裡有海，有風等等。我們可以在沙灘上享受日光浴。我一直夢想去那裡。
A: **I prefer Hong Kong to Thailand.** We can go **shop**ping there.	比起泰國，我更想去香港。我們可以去那裡瘋狂購物。
B: Wow, be realistic. Do you really believe we can go to Thailand or Hong Kong?	哇，實際一點吧。你們真的以為我們可以去泰國或香港？
A: Why do you say so? The **budget** is low?	為什麼這麼說？預算很低嗎？
B: No. The disease control! Remember?	不是。是防疫啦！忘了嗎？

再學習單字片語

- make profit ph 賺錢 → 補充 deficit 虧損的
- sunbathe v 做日光浴
- on the beach ph 在海邊
- dream of ph 夢想著
- shop v 購物 → 補充 window shopping 逛街
- budget n 預算

換句話說一次學

❶ **Where do you plan to go?** 你打算去哪呢？

❷ **I want to visit a place of historic interest.** 我希望遊覽名勝古蹟。

❸ **I heard that there are many scenic spots.** 我聽說那有很多景點。

❹ **Our manager said that we can enjoy a holiday.** 經理說我們可以去度假了。

❺ **Does anyone have a good idea about this holiday?**
關於這次的假期，有人有什麼好主意嗎？

關鍵文法不能忘

主詞＋prefer	+	某人事物＋to＋某人事物
I prefer		Hong Kong to Thailand.

sb. prefer sth./ somewhere to sth./ somewhere，這個句型可以是對兩個事物或是地點進行比較，重點是強調喜歡前者勝於後者；以下的例子也是使用同樣的文法概念：

- **I prefer a sandy beach to a shingly one.**
  我喜歡沙灘，不喜歡遍佈小圓石的海灘。
- **I prefer the red coat to the yellow one.**
  比起這件黃外套，我更喜歡紅的。
- **I prefer the computer here to the one there.**
  我喜歡這裡的電腦，不大喜歡那裡的那台。
- **I prefer reading to jogging.** 與慢跑比起來，我更喜歡看書。
- **I prefer this watch than that one.**
  與那支手錶比起來，我更喜歡這支。

用字精準要到位

「我們可以去那裡購物。」要怎麼說呢？

Ⓥ **We can go shopping there.**

ⓧ **We can go shopping at there.**

為什麼呢？

here 和 there 本身為副詞，前面無須再加介系詞。如，come here 而不是 come to here；go there 而不是 go to there。

Unit 61 Office Supplies 辦公用品

先從對話開始聽 Track 061

A: Excuse me. I am Sarah. Is it you who **inform** me to receive the office supplies?	打擾一下，我是莎拉。請問是你通知我來領辦公用品的嗎？
B: Yes, Sarah. I am Steven, the **administrative assistant** here. Here is a card for you. When you come into our building, you can **swipe the card** on the sensor of the door.	是的，莎拉。我是史蒂芬，是這裡的行政助理。有張卡是要給妳的。當妳進入大樓的時候，在門上的感應器刷卡就可以了。
A: Oh, **no wonder I can't come in this morning.** Er...my photo on the card is so small, I **nearly** can't see my **expression** clearly.	噢，難怪我今天早上進不來呢！呃……卡上的照片還真小，我都看不清楚自己的表情了。
B: Haha! If you need anything else, don't **hesitate** to ask me.	哈哈！如果妳還需要任何東西，儘管來找我。
A: Thank you.	謝謝。

再學習單字片語

- inform v. 通知；告知 → 近 notify 通知
- administrative assistant ph. 行政助理
- swipe the card ph. 刷卡
- no wonder ph. 難怪
- nearly adv. 幾乎
- expression n. 表情
- hesitate v. 猶豫

換句話說一次學

❶ **We need 5 more folders, Mary!** 瑪麗，我們還需要五個檔案夾。

❷ **You will find all the necessaries in the first drawer on the left.**
你可以在左邊第一個抽屜裡找到所有的必需品。

❸ **What else shall we need?** 我們還需要些什麼?

❹ **May I have a couple of folders?** 給我幾個文件夾好嗎？

❺ **I will get you some.** 我來幫你找幾個。

關鍵文法不能忘

No wonder	+	**that 子句**
No wonder		**I can't come in this morning.**

No wonder that... 是「怪不得……」的意思。此句型適用於先前發現比較奇怪或是不明白的事情，瞭解真相之後豁然開朗的情形；以下的例子也是使用同樣的文法概念：

- **No wonder you didn't see me.**
  怪不得你沒看見我。
- **No wonder you ate all the food. You didn't eat anything at all morning.**
  原來你早上什麼也沒吃，怪不得你把所有的東西吃光了呢！

用字精準要到位

「請問是你通知我來領辦公用品的嗎？」要怎麼說？

(√) **Is it you who inform me to receive the office supplies?**

(×) **Is it you which inform me to receive the office supplies?**

為什麼呢？

定語子句中如果先行詞是人的時候，其在子句中充當賓語時用 who 或者 that，先行詞是物的時候用 which 或者 that。在這個句子中，you 當然指人，所以用 who。

Unit 62 Carpooling
與同事共乘回家

先從對話開始聽 Track 062

A: Ah... I have **delivere**d my documents to our **supervisor**! Wanna **carpool**?	啊！終於把檔案交給主管了！要一起共乘回家嗎？
B: Okay, I **live in** the 7th **Building**, Rainbow Garden.	好啊，我住在彩虹花園第七棟。
A: Great. Do you know the KFC nearby?	太棒了。你知道附近的那間肯德基嗎？
B: You mean the one **at the corner of** the main street? Yeah, we can go there. **It's my turn to buy you dinner.**	妳是指在大馬路上轉角的那間嗎？知道啊，我們可以去那吃。這次輪到我請妳吃晚餐！
A: That's good. Let's go!	好啊，那我們走吧！
B: OK. Wait for me!	好。等等我呀！

再學習單字片語

- deliver v. 遞送 → 近 turn in 繳交
- supervisor n. 主管 → 近 boss 老闆
- carpool v. 共乘
- live in ph. 居住在
- building n. 建築（物）
- at the corner of ph. 位於轉角

換句話說一次學

❶ **Can you give me a ride?** 你能載我一程嗎？

❷ **It's your turn to wash clothes.** 該你洗衣服了。
❸ **I've been living in this city since I moved here 5 years ago.**
自從五年前我搬到這裡以來，就一直住在這個城市。
❹ **I have to learn how to cook.** 我得學學如何煮飯了。
❺ **I am sure to deliver the documents in time.** 我肯定能及時將文件交出去。
❻ **Can we go home together?** 我們能一起回家嗎？

關鍵文法不能忘

It's one's turn	+	to V.
It's my turn		to buy you dinner.

表達該輪到某人做某事了，可以用 It's one's turn to do sth.，如 It's your turn to sing a song.（輪到你唱首歌了。）；以下的例子也是使用同樣的文法概念：

- **It's his turn to speak.** 輪到他說話了。
- **It's my turn to tidy the room.** 該我打掃房間了。
- **It's her turn to work on the night shift.** 該輪到她值夜班了。
- **It's my turn to get some drinks for all of you.** 該我請大家喝飲料了。
- **It's your turn to take the dog for a walk.** 該你去遛狗了。

用字精準要到位

「要一起共乘嗎？」要怎麼說呢？

Ⓥ **Wanna carpool?**
ⓧ **Wanna to carpool?**

為什麼呢？

Wanna 是一個非正式但口語中常用到的表達。它是 want to 的縮寫。Wanna 相當於 want to 時，後面直接加原形動詞，所以在句中，wanna 後面就無須再加 to 了。

Unit 63 Transferring a Call
電話轉接

先從對話開始聽 Track 063

A: Hello, this is ABC Company. What can I do for you?	您好，這裡是 ABC 公司。有什麼能為您效勞？
B: There are serious problems in your products. I want a **full refund** for my loss.	你們的產品存在嚴重的問題。我要求對我的損失進行全額退款。
A: Sorry sir. We will deal with this issue immediately. We are a company with high **reputation** in this **trade**, so you can trust us!	抱歉，先生，我們會立即針對此問題進行處理。我們在這一行業中信譽良好，所以您可以相信我們。
B: Good. I hope you can make a quick **reply** to this problem ASAP!	很好。我希望你們可以儘快針對此問題給予回覆。
A: No problem. And **may I put you through to our colleague** responsible for after-sales services? He is the person **in charge**.	好的，沒問題。請允許我把您的電話轉到負責售後服務的同事那邊去好嗎？
B: Sure.	當然好。

再學習單字片語

- full refund *ph.* 全額退款 → 補充 return 退貨／exchange 換貨
- reputation *n.* 信譽 → 補充 prestigious 有名望的
- trade *n.* 貿易；行業
- reply *n.* 回覆
- put sb. through *ph.* 轉接
- in charge *ph.* 負責

換句話說一次學

❶ **I'm calling on behalf of Mr. Tom.** 我代表湯姆先生打電話給你。
❷ **What time would suit you best?** 什麼時候您比較方便呢？
❸ **May I take a message?** 你需要留言嗎？
❹ **Do you know when he'll be back?** 你知道他何時回來嗎？
❺ **I'm sorry, he's not in the office now.** 很抱歉，他現在不在辦公室。

關鍵文法不能忘

May I	+	動詞＋受詞＋介系詞＋受詞
May I		put you through to our colleague?

May I...? 這個句型的意思是「我可以……嗎？」是一種用於委婉提出自己建議的句型。可以顯示出說話人的禮貌和對聽話者的尊重；以下的例子也是使用同樣的文法概念：

- **May I come in?** 我能進來嗎？
- **May I eat this apple?** 我能吃這個蘋果嗎？
- **May I go with you?** 我能和你一起去嗎？
- **May I have a look at it?** 我能看一下嗎？
- **May I dance with you?** 我能和你跳一曲嗎？

用字精準要到位

「我能幫你什麼忙嗎？」要怎麼說呢？

✓ **What can I do for you?**
✗ **What can I do to you?**

為什麼呢？

錯誤的介系詞 to 會將原意改成「我可以對你做什麼事」，不具有「幫助」的意思，這裡可以將此問法當作固定用法記憶，切勿混淆。

Unit 64 Taking a Day off

個人休假

先從對話開始聽 Track 064

A: Sarah, I know you're taking a day off tomorrow. So am I! What's your plan? I'm thinking about **cleaning** my **room**. It's a **mess**.	莎拉，我知道妳明天休假，我也是！妳打算要做什麼啊？我要打掃房間。房間亂糟糟的。
B: **I have no idea**. I might sleep late in the morning. But I am **consider**ing **whether I should go to visit my mom or not.** She moved to Taichung last month.	我還不知道呢。我可能早上睡到很晚。但是我在考慮要不要去看看我媽媽。她上個月搬去台中了。
A: Really? How long haven't you seen her?	真的嗎？你多久沒見到她了？
B: About a month.	大概一個月。
A: I guess you do need to visit her, then.	那我想你應該去看看她。
B: **Enough** about me. What are you going to do after cleaning up your room?	不談我的事了。你打掃完房間後要做什麼？
A: Probably playing tennis. Exercise helps me **stay healthy**.	大概去打網球吧。運動讓我維持身體健康。

再學習單字片語

- clean one's room ph. 打掃房間
- mess n. 一團亂 → 補充 organized 整齊的；有組織的
- I have no idea. 我不知道。
- consider v. 考慮 → 近 think about 考慮；思考
- enough adj. 足夠的
- stay healthy ph. 維持健康

換句話說一次學

❶ **We will begin to work tomorrow.** 明天就要上班了。

❷ **What is your plan when you come back from holiday?**
度假回來，你打算做什麼？

❸ **I have to take a shower.** 我必須洗個澡了。

❹ **How time flies!** 時間過得真快。

❺ **I hope we can have a holiday like this next time.**
希望下次我們還有像這樣的假期。

關鍵文法不能忘

Whether	+	子句＋or not
Whether		I should go to visit my mom or not.

Whether...or not? 這種省略句型的意思是「是否要……？」；以下的例子也是使用同樣的文法概念：

- **I was wondering whether to go upstairs or not.**
  我正在想是否該上樓。
- **She was wondering whether to go home or not.**
  她猶豫不定，是回家還是不回呢。
- **I don't know whether to go or not.** 我不知道該去還是不該去。
- **Whether they do it or not matters little.**
  他們做不做這件事都沒什麼關係。
- **I do not care whether it rains or not.** 我不在乎會不會下雨。

用字精準要到位

「運動讓我保持健康。」要怎麼說呢？

√ **Exercise helps me stay healthy.**
× **Exercise helps me stay health.**

為什麼呢？

stay 為連綴動詞，用以說明「保持、維持」之意，後面加形容詞來補充形容主詞，不接受詞，故health（名詞）不可使用。

Unit 65 Scheduling a Meeting

預約會面

先從對話開始聽

A: Hello, Parker. How's everything?	喂，派克，你好嗎？
B: Can't **complain**. How about you?	很好。你呢？
A: Business is **boom**ing. I understand you want to meet up with me next week. **How's your schedule looking?**	生意很好。我知道你要約我下週見面。你何時方便呢？
B: Let me see.... I'm out of town from Monday to late Tuesday afternoon. I can **come out** and see you first thing Wednesday.	讓我想想……我星期一到星期二下午外出。我可以在星期三跟你見面。
A: Great. I'll **pencil** you **in** for Wednesday morning at 9:30?	太棒了。那我先跟你約週三早上，九點半好嗎？
B: 9:30 is fine.	九點半沒問題。
A: OK. See you then.	好的。那到時候見囉。

再學習單字片語

- complain *v.* 抱怨
- boom *v.* 興盛 → 同 prosper 繁榮
- schedule *n.* 行程（表）
- come out *ph.* 出來
- pencil in *ph.* 安排進時程

換句話說一次學

❶ **Business is successful.** 生意很成功。
❷ **Business went down.** 生意下滑。
❸ **The sales dropped during the third quarter.** 第三季的營業額下降。
❹ **What's your schedule like?** 你的行程如何呢？
❺ **When are you available for the meeting?** 你何時有空開會？

關鍵文法不能忘

How＋be動詞	+	名詞＋（現在分詞）
How is		your schedule looking?

How is your schedule looking? 這句話的意思是「您何時方便呢？」，其實是在問對方何時有空。詢問對方情況如何時會用到類似的句子，如 How are you doing recently?（你最近怎麼樣啊？）；以下的例子也是使用同樣的文法概念：

- **How's the celebration going?** 慶祝得如何呢？
- **How's everything going?** 一切都好嗎？
- **How's she doing?** 她過得怎麼樣？
- **How's it going?** 日子過得怎樣？
- **How's business?** 生意怎麼樣？

用字精準要到位

「好得沒話說。」要怎麼說呢？

✓ **Can't complain.**
✗ **Can't say bad.**

為什麼呢？

can't complain 意為「很好、不能抱怨、好得沒話說」。這種表達是日常口語中很常用。說自己近況不錯，不僅可以說 very good, very well 等，還可以靈活運用些其他的表達方式。Can't say bad. 顯然是不對的。

Unit 66 Phone Survey 電話訪問

先從對話開始聽 Track 066

A: Hello, Mike, I am Megan from BIO Corp. Are our products still **in good condition** now? You know, all of them have **first-class quality**. We **adopt** advanced technology.	您好，邁克，我是 BIO 公司的梅根。我們的產品現在是否使用狀況良好呢？你知道的，它們的品質可都是一流的。我們採用了先進技術。
B: Yeah! **Your company is developing so fast, and so is ours.** That's why our cooperation went so smoothly. However, I do have one question.	沒錯！妳們公司發展真快啊，我們也是。這就是為什麼我們合作得這麼順利。不過，我確實有個問題。
A: Please tell me.	請告訴我。
B: Some of the machines run a little bit faster than others. Well, all of them are **function**ing quite well. I'm just curious.	有些機器跑得比其他的快一點。當然，全部的機器都運作正常。我只是好奇。
A: I'll **report** this issue to our **engineer**s right away. Glad to know it's not a serious one.	我會把這個問題呈報給工程師。很高興得知這不是嚴重的問題。
B: It's actually not an issue anyway. Maybe I will plan to buy more in the near future.	這其實也不太算是個問題。也許不久的將來我還會買更多呢！
A: Absolutely! Also, do you mind my visiting there at your **convenience**?	當然！您介意我在您方便的時候拜訪您嗎？
B: Of course not. Anytime!	當然不介意。什麼時候都可以！

再學習單字片語

- in good condition ph. 狀況良好
- first-class quality ph. 一流品質 → 近 premium quality 優良品質
- adopt v. 採用 → 近 employ 使用
- function v. 運作
- report v. 報告；呈報
- engineer n. 工程師
- convenience n. 方便（性）

換句話說一次學

❶ **This is our latest product.** 這是我們的最新產品。

❷ **I am sure we can offer the best products and services to you.**
我保證我們能為您提供最好的產品和服務。

❸ **You are one of our oldest clients.** 您是我們的老客戶了。

❹ **We appreciate your business for the past three years.**
我們非常重視這三年來與您的合作。

關鍵文法不能忘

主句,		and＋so＋be動詞＋主詞
Your company is developing so fast,	+	and so is ours.

so＋be動詞＋主詞，這是一個比較典型的倒裝句型。表達的意思是指 so 引導的句子與前面主句引導的句子情形類似，或是前後兩者狀況相同。其中的be動詞還可以根據主詞的動詞，用助動詞 do/ does 來替代。但是需要注意助動詞單複數的變化。

- **He is a student. So am I.** 我和他都是學生。
- **This man is a teacher. So are they.** 這個人和他們一樣是老師。
- **I think in this way, and so does my manager.**
  我和我們經理的想法不謀而合。

用字精準要到位

「我們的產品現在是否使用狀況良好呢？」要怎麼說呢？

√ **Are our products still in good condition now?**

× **Are our products still at good condition now?**

為什麼呢？

片語 in good condition 是「情況良好、身體健康」的意思，它是固定搭配，其中的介系詞為 in 而不是 at。in ~ condition 意為處於一種……的狀況。

Unit 67 Promoting Products
推銷產品

先從對話開始聽 Track 067

A: Hello, Can I speak to Mr. Tom?	您好，請接湯姆先生。
B: Speaking.	我就是。
A: This is Sarah from Blue Sky Corp. I am sure **you will be interested in our products.**	我是藍天公司的莎拉。我相信您會對我們的產品很感興趣的。
B: What does your company **provide**?	你們公司提供什麼產品呢？
A: Our company **offers** customers **all kinds of** electronic products. You can get them **at a lower price**.	我們公司提供各種電子產品，而且提供您相當優惠的價格。
B: **Sounds good**! I will consider a future cooperation between us.	聽起來不錯。我會考慮一下雙方未來的合作。
A: Could I have your email so that I can send you some information of our products?	您可以給我您的電子信箱嗎？以便我傳一些我們的產品資料給您。
B: Sure.	當然。

再學習單字片語

- be interested in *ph.* 感興趣
- offer *v.* 提供
- provide *v.* 提供
- all kinds of *ph.* 各種 → **近** various 多樣的
- at a lower price *ph.* 以較低的價格 → **補充** at a higher price 以較高價格
- sounds good *ph.* 聽起來不錯

換句話說一次學

❶ **Do you think our price is reasonable?** 你認為我們的價格合理嗎？

❷ **We would be very happy to send samples to you.** 我們會很樂意為你提供樣品。
❸ **Our company provides customers with a lot of products.**
我們提供的產品眾多。
❹ **Do you have our latest products?** 您購買了我們的最新產品了嗎？
❺ **What about its performance?** 性能怎麼樣呢？

關鍵文法不能忘

主詞＋（助動詞）	+	be interested in＋受詞
You will		be interested in our products.

sb. be interested in sth. 這個句型主要用在某人對某件事情感興趣，或者想知道某件事情的情況下；以下的例子也是使用同樣的文法概念：

- **What is it in particular you are interested in?** 你對哪些產品感興趣？
- **He is quite interested in living in the countryside.**
  他對住在鄉下很感興趣。
- **In fact, I am not interested in this exhibition.**
  事實上，我對這次的展覽並不感興趣。
- **We are very interested in what he said.** 我們對他所說的很感興趣。
- **Are you interested in this?** 你對這個感興趣嗎？

用字精準要到位

「你可以以較低價格購買產品。」 要怎麼說呢？

✓ **You can get them at a lower price.**
✗ **You can get them at a more low price.**

為什麼呢？

一般單音節字和少數以-er，-ow結尾的雙音節字，比較級在後面加-er，最高級在後面加-est。形容詞 low 的比較級形式直接加 er，即 lower。其他雙音節字和多音節字，比較級在前面加 more，最高級在前面加 most。

Unit 68 New Product Promotion
推出新產品優惠

先從對話開始聽 Track 068

A: Tom, have you informed HTM Co. that we are having a **promotion** for HB series?	湯姆，你有通知 HTM 公司我們現在 HB 系列有優惠嗎？
B: Not yet, but I'm **work**ing **on** it now. **I'm organizing a price list with pictures so that they can get all the information** and **specifications**.	還沒，但我正在處理。我正在弄附上圖片的價目表，讓他們可以收到所有的資訊及產品規格。
A: OK, that's **a good idea**. But please **finish** it ASAP. Time is **pass**ing quickly.	好，這個想法很好，但是你要儘快完成。時間很快就過去了喔。
B: Sure, I'll finish the list and **send it to** HTM Co. by today.	我今天以前會完成價格表並寄給 HTM 公司。
A: Good. Keep me posted.	很好，讓我知道最新狀況。
B: Yes, I will.	是的！

再學習單字片語

- promotion n. 促銷活動；宣傳
- work on ph. 著手處理 → 近 deal with 處理
- specification n. 細項；規格
- a good idea ph. 好主意
- finish v. 完成 → 近 complete 完成
- pass v. 經過
- send sth. to ph. 送／寄某物給

換句話說一次學

❶ **This time we will offer a favorable discount to our customer.**
這次我們會提供優惠折扣給顧客。

❷ **Do you decide to order some?** 你決定要訂購一些了嗎？

❸ **Do you have any questions about our new products?**
你對我們的新產品有任何問題嗎？

❹ **I want a complete price list of your products.**
我想要一份完整的產品價格表。

❺ **Let them know that we quote them the most favorable price.**
要讓他們知道我們報給他們的是最好的價格。

關鍵文法不能忘

主句	+	so that＋子句
I'm organizing a price list with pictures		so that they can get all the information.

主句＋so that＋子句，這個句型的意思是「……，以便／以免……。」；以下的例子也是使用同樣的文法概念：

- **Unfold the map so that we can read it more easily.**
  把地圖打開，這樣閱讀起來更容易。
- **He avoided candy so that he would not get fat.**
  他不吃糖果，以免變胖。
- **He closed the door softly so that he would not disturb anybody.** 他關門很輕，以免打擾別人。
- **He got up early so that he might catch the first bus.**
  他早早就起床了，以便能趕上第一班公車。

用字精準要到位

「**和我匯報。**」要怎麼說呢？

✓ **Keep me posted.**

✗ **Keep me post.**

為什麼呢？

Keep me posted. 意為「和我保持聯繫、有消息向我匯報」。是固定的表達方式。其中用的是 post 的過去分詞形式而不是原形。記住這個用法。

Unit 69 Cost Reduction

客戶要求減低價格

先從對話開始聽 Track 069

A: Sarah, bad news!	莎拉，壞消息！
B: What is it?	是什麼？
A: Mike thinks **both our pricing and minimum order quantity are not satisfying.** He needs to know if we can requote the price.	邁克說我們報的價格和最低訂購量都不是很令他滿意。他想確認我們能不能重新報價。
B: If we could requote the price, could he **accept** all these **term**s?	如果我們可以重新報價，他能接受目前的所有的條件嗎？
A: He didn't **confirm**, but he said he would **try his best** to **convince** his boss.	他尚未確認，但他說他會盡力說服他的老闆。
B: Fair enough. Tell him we'll send out the revised pricing by today.	好吧。告訴他我們今天就會傳新的報價過去。
A: I see. And I'll update you as soon as possible.	知道了。一旦有任何最新消息，我會儘快向妳報告。

再學習單字片語

- minimum order quantity *ph.* 最低訂購量 → **補充** maximum 最大量的
- satisfying *adj.* 令人滿意的
- accept *v.* 接受
- term *n.* 條件；條款
- confirm *v.* 確認
- try one's best *ph.* 盡全力
- convince *v.* 說服 → **近** persuade 說服

換句話說一次學

❶ **Please confirm the purchase order so we can proceed with production.** 請確認這份訂單，我們才能進行生產。

❷ **If you don't conform to our sales contract, we will end our business relationship with you.**
如果你不遵照合約的規定，我們將終止與你們生意上的往來。

❸ **Can you accept this price we offered today?**
你能接受我們今天提供的價格嗎？

❹ **Maybe we can have a discussion next week.** 也許我們下週可以討論一下。

❺ **That's the best price we can offer.** 這是我們能提供的最好價格了。

關鍵文法不能忘

Both sth. and sth.	+	其他補語
Both our pricing and minimum order quantity		are not satisfying.

Both sth. and sth.＋其他補語的意思是「前後兩者都……」；以下的例子也是使用同樣的文法概念：

- **Both you and I are students.** 你和我都是學生。
- **Both this point and that one are correct.**
  這個觀點和那個觀點都是正確的。
- **Both he and this boy will come to our party.**
  他和這個小男孩都會來參加派對。
- **Both this building and that one are our company's.**
  這兩棟樓都是我們公司的。
- **Both he and she are my friends.** 他和她都是我的朋友。

用字精準要到位

「他說他會盡力說服他的老闆。」要怎麼說呢？

√ **But he said he would try his best to convince his boss.**

× **But he said he would try his best convincing his boss.**

為什麼呢？

這裡涉及 try 的用法。表達「盡某人最大的努力做某事」應用 try one's best to do sth. 而不是 try one's best doing sth.。

Unit 70 Winning an Order
爭取大量訂單

先從對話開始聽 Track 070

A: Let's talk about the order. Shall we?	我們來談談訂單的事吧。
B: Sure. What else do you want to add?	好的。你還想說什麼？
A: Our supplier **insists on** increasing MOQ to 1500 dozen or they would have problem **processing your order**.	我們的供應商堅持一定要將最低訂購量調到 1500 打，不然他們無法接你們的訂單。
B: That's too **large** an order. We can't accept this.	這訂單數量太大了，我們無法接受。
A: Please **understand** we offer you our very best price, and we're willing to **separate** the whole **batch** into four shipments to **facilitate** the whole process.	請瞭解我們給你的是最低的價格。而且，我們願意分四批出貨以利整體流程。
B: Hmm. Sounds fair. But I need to think it over. I'll let you know by this Friday.	嗯……聽起來很合理。不過我還要再想一想，我禮拜五以前會告訴你答案。
A: **I am looking forward to your favorable reply.**	殷切期盼您的好消息。

再學習單字片語

- insist on ph. 堅持
- process the order ph. 處理訂單 → 補充 cancel the order 取消訂單
- large adj. 大的 → 補充 small 小的
- understand v. 明白
- separate v. 分開
- batch n. （一）批
- facilitate v. 使有利於

換句話說一次學

❶ **For large orders, we insist on payment by L/C.**
對於大量的訂單，我們要求開信用狀。

❷ **All right, if you insist, let's work on it.**
好吧，假如你堅持的話，我們就來討論它吧。

❸ **So sorry, you give us a very large order which is beyond our capacity.**
對不起，你的訂單太大，超出我們能負荷的範圍。

❹ **Can you rethink it, then decide what to do?**
你能再想一下，然後決定怎麼做嗎？

❺ **We are looking forward to your reply.** 殷切盼望您的回覆！

關鍵文法不能忘

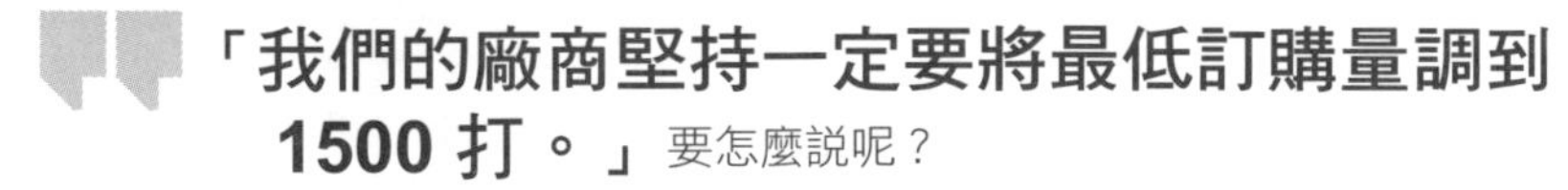

主詞＋be動詞	＋	現在分詞＋其他補語
I am		looking forward to your favorable reply.

主詞＋be動詞＋現在分詞＋其他補語，這是一個使用進行時態的句型。be動詞加上現在分詞，表達的意思是現在正在進行的動作；以下的例子也是使用同樣的文法概念：

- **I am reading my book.** 我在看書。
- **He is talking with his friend.** 他在和他的朋友交談。
- **She is looking for her cat.** 她在找她的小貓。
- **My father is smoking.** 我的爸爸在抽煙。

用字精準要到位

「我們的廠商堅持一定要將最低訂購量調到1500 打。」要怎麼說呢？

✓ **Our supplier insists on increasing MOQ to 1500 dozen.**

✗ **Our supplier insists in increasing MOQ to 1500 dozen.**

為什麼呢？

片語 insist on 意為「堅持（做某事，認為）」，其中的介系詞是 on 而不是 in。另外，persist in 也是「堅持、固執於」的意思。這個片語中的介系詞才是 in。注意二者不能混用。

Unit 71 Confirming Order Details

確認訂單細項

先從對話開始聽 Track 071

A: Hello, Sandy. May I ask you something?	嗨，珊蒂，可以問你一件事嗎？
B: Of course!	當然可以！
A: I'd like to know what would be your production lead time for a new order of 8 hundred **forks**.	我想知道八百支叉子從下單到出貨要多少時間。
B: We can provide 8 hundred forks in one week.	我們一個星期就可以幫您出八百支叉子的貨。
A: Can you **ship** earlier? This is very **urgent**; this order is for one of our customers.	能否更早出貨呢？這筆訂單非常急，是我們的一個客戶下的。
B: Let me check the production **schedule**... I think we can make it **within five days**.	讓我查一下生產時程表……我想我們可以五天內出貨給您。
A: That would be great! I will be sending you a new purchase order in no time.	那太好了！我會立刻寄新訂單過去給您。
B: Thank you. **We will proceed with your order as soon as we receive it.**	謝謝您。一收到您的訂單我們就會馬上處理。

再學習單字片語

- fork *n.* 叉子 → 補充 knife 刀子／spoon 湯匙
- ship *v.* 運輸
- urgent *adj.* 急迫的
- schedule *n.* 時程（表）
- within five days *ph.* 五天內
- proceed with *ph.* 處理

換句話說一次學

❶ **I want to change the date.** 我想更改日期。
❷ **I want to know whether I can get my goods three days in advance.** 我想知道我是否能提前三天收到貨。
❸ **Can you inform me if there is any change?** 如有變動，您能通知我嗎？
❹ **Let me consult our manager.** 請允許我問一下我們的經理。
❺ **I am afraid that we can't meet your needs.** 恐怕我們滿足不了你們的要求。

關鍵文法不能忘

主句	+	as soon as＋子句
We will proceed with your order		as soon as we receive it.

主句＋as soon as＋子句，這個句型的意思是「一⋯⋯就⋯⋯」、「一⋯⋯，馬上⋯⋯」；以下的例子也是使用同樣的文法概念：

- **We solved problems as soon as they came up.** 問題一出現我們就解決了。
- **I will get there as soon as they do.** 我會和他們同時到達那裡。
- **He fell asleep as soon as he lay down.** 他一躺下就睡著了。
- **She will see you as soon as she can.** 她一有空就會接見你。
- **My fahter left as soon as he heard the news.** 我父親一聽到消息就離開了。

用字精準要到位

「我會立刻寄新訂單過來給您。」要怎麼說呢？

✓ **I will be sending you a new purchase order in no time.**

✗ **I will be sending you a new purchase order in not time.**

為什麼呢？

片語 in no time 意為「立刻、很快、馬上」，相當於 at once/ right away/ immediately 等，是固定的搭配，用 no 而不是 not。且注意，in time 為「即時地」。

Unit 72 Delayed Payment
催促付款

先從對話開始聽 Track 072

A: Sorry to bother you, but I want to know when we can **receive your payment**. It's **a bit late** since it's supposed to be made two months ago.	很抱歉打擾您，但是我想知道我們什麼時候可以收到您的款項。這筆款項有點遲了，應該兩個月以前就要付了。
B: I'm sorry about the **delay**. We need another eight days to finish the **procedure**s.	很抱歉延誤了。我們還需要八天的時間來完成所有的手續。
A: Is it **possible** that you pay it earlier by the end of this month?	有沒有可能提早到這個月底以前付款呢？
B: The next payment run we will be doing will be eight days later. **This is when the invoice will be paid**, not earlier. Please understand.	我們公司下一次的款項核發日是八天後。到那時才能付款，無法提早。請你體諒。
A: Well, will you please pay us as soon as you finish all the procedures?	那麼請您一旦完成所有手續就付款給我們好嗎？
B: No problem.	沒問題。

再學習單字片語

- receive the payment ph. 收到款項 → 補充 payment processing 付款處理
- a bit late ph. 有點遲
- delay v. 延遲
- procedure n. 手續；程序
- possible adj. 可能的
- invoice n. 發票 → 近 receipt 收據

換句話說一次學

❶ **Can you wait another five days?** 你能再等五天嗎？
❷ **Sorry, our payment is delayed several days.** 很抱歉，付款延遲了幾天。
❸ **Can you inform me if your company resumes normal services?** 假如你們公司恢復了服務，可以通知我嗎？
❹ **When can you finish these procedures?** 你們什麼時候可以完成這些手續？
❺ **Thanks for your understanding for the delay.** 謝謝您諒解我們的延誤。

關鍵文法不能忘

This is when	+	子句
This is when		the invoice will be paid.

This is when...這個句型的意思是「這就是……的時候」、「到那時……」；以下的例子也是使用同樣的文法概念：

- **This is when he will come.** 他要來的時候到了。
- **This is when you will be appointed.** 這時，你就要被委派出去了。
- **This is when everyone is calm and thinking clearly.** 此時，每個人頭腦冷靜、思路清楚。
- **This is when the product's features attract those potential buyers.** 這時應該多強調產品的特色以吸引那些潛在買家。
- **This was when the two boys began to sing.** 就是自那時起，兩個男孩開始演唱了。

用字精準要到位

「很抱歉延誤了。」要怎麼說呢？

✓ **I'm sorry about the delay.**
✗ **I'm sorry about the delayment.**

為什麼呢？

此屬於單字的誤用。delay 本身既有動詞也有名詞「延期、耽擱」之意。所以 delay 無須再加-ment 來變為名詞。

Unit 73 Apologizing to Clients
向客戶道歉

先從對話開始聽 Track 073

A: What would you like us to do about the **shipment**?	那麼您希望我們針對運輸怎麼處理呢？
B: You need to **replace** the spoons, or they'll hand inspect them and **charge** you back.	你必須換一批湯匙，否則他們要整批檢查，然後向你們索賠。
A: I'm sorry about this. The replacement will be **prepare**d and shipped by sea in four days.	對此我深感抱歉。四天內我們就會把替換的貨物準備好並用海運寄出。
B: This is not acceptable. You got to air freight them.	這樣不行。你們必須用空運寄出。
A: But **the air freight would be too expensive to afford.**	可是空運費用太高我們負擔不起。
B: Airship the replacement, anyway. I'll ask them to **share the cost**.	無論如何還是用空運寄出。我會要求客戶分擔運費。
A: Thank you. We will proceed immediately.	謝謝你。我們會馬上進行。

再學習單字片語

- shipment *n.* 運輸
- charge *v.* 索取費用
- replace *v.* 替換
- prepare *v.* 準備
- air freight *ph.* 空運 → 補充 transport/ ship by sea 海運
- expensive *adj.* 昂貴的 → 近 costly 昂貴的
- afford *v.* 負擔
- share the cost *ph.* 分擔費用

換句話說一次學

❶ **I am so sorry for this. Please allow me to replace it.**
我對此深表歉意。請允許我為您替換產品。

❷ **We'll deal with your problem right now.** 我們立刻處理您的問題。

❸ **We need the goods urgently.** 我們急需這批產品。

❹ **We'll deliver the goods as soon as possible.** 我們會儘快送貨給你。

❺ **If you receive it, please inform us immediately.**
如果你收到了，請立即通知我們。

關鍵文法不能忘

主詞＋（助動詞）＋be 動詞	+	too＋形容詞＋to 動詞
The air freight would be		too expensive to afford.

主詞＋be動詞＋too＋形容詞＋to＋動詞，這個句型的意思是「太……了，以至於不能……」。中間用的是形容詞原形；以下的例子也是使用同樣的文法概念：

- **This watch is too expensive to buy.** 這支手錶太貴了，我買不起。
- **It's too late to help him.** 現在太遲了所以幫不了他。
- **He was too lazy to work.** 他懶於工作。
- **They seemed to be too anxious to leave.** 他們看來太過急於離開。
- **It's too eary to say that.** 現在下定論還太早。

用字精準要到位

「你必須換一批湯匙。」要怎麼說呢？

(√) **You need to replace the spoons.**

(×) **You need to exchange the spoons.**

為什麼呢？

exchange 是動詞「兌換、交易」的意思，也可以指文化方面的「交流」；replace 是動詞「取代、代替、替換、更換」的意思。貨物的更換應該用 replace 而不是 exchange。

Unit 74 Asking for Documents

詢問檔案

先從對話開始聽 Track 074

A: Hello, Mike. Sorry **to bother you**. Could you give me the **background information** about the **client**s on my list?	你好，邁克。抱歉打擾了，你能提供我名單上客戶們的背景資料嗎？
B: What for? I remember I gave the information to your department last week.	為什麼需要這份資料？我記得上個禮拜我已經給過你們部門這份資料了！
A: We lost the **document**s because there was something wrong with the computer. **Hardly did I have enough time to save the files.**	由於電腦出了點問題，我們弄丟了資料，我當時幾乎沒有時間存檔。
B: I see. Luckily, we have data **backup**.	我明白了。幸好我們有備份資料。
A: Thank God!	謝天謝地！
B: I'll give it you later.	我稍後就給你。

再學習單字片語

- to bother sb. *ph.* 打擾某人
- background information *ph.* 背景資料
- client *n.* 客戶 → 近 customer 顧客
- document *n.* 文件
- hardly *adv.* 幾乎不 → 近 barely 幾乎不
- save the files *ph.* 存檔
- backup *n.* 備份

換句話說一次學

❶ **Can you give me some files about the customers?**
你能給我一些有關這些顧客的檔案嗎？

❷ **Do you have a copy of this document?** 你有這份資料的副本嗎？
❸ **Sorry to disturb you, may I ask some questions?**
打擾了，能問幾個問題嗎？
❹ **Thank you for your help.** 謝謝你的幫忙！
❺ **At last, we solved this problem together.** 最終，我們一起解決了這個問題。

關鍵文法不能忘

Hardly＋助動詞＋主詞	+	動詞＋補語
Hardly did I		have enough time to save the files.

當否定副詞 hardly 放於句首時，後面的句子需要倒裝，使用動詞＋主詞的形式。這樣的結構適用於比較正式的場合。意思是「幾乎不……」。其中，hardly 還可以換成其他的否定副詞，如：never/ seldom；以下的例子也是使用同樣的文法概念：

- **Hardly have I seen such a brilliant performance.**
  我幾乎都看不到如此好的表演了。
- **Hardly will you find her in the company.** 你在公司幾乎找不到她。
- **Hardly do they have dinner together.** 他們幾乎不在一起吃晚餐。
- **Hardly did the child sleep at night.** 這個小孩晚上幾乎都不睡覺。

用字精準要到位

「我稍後給你。」要怎麼說呢？

✓ **I'll give it to you later.**
✗ **I'll give it to you latter.**

為什麼呢？

latter 為形容詞，意為「後者的、近來的、後面的、較後的」；later 為副詞「後來、稍後、隨後」。再此句的末尾應該用的是副詞 later。兩個單字極為相似，但意義和用法都不同，注意區分。

Unit 75 Discussing about the Quotation 討論報價

先從對話開始聽

Track 075

A: Tom, what's the result about the order?	湯姆，關於此次訂單有什麼結果了？
B: She will accept 1500 dozen **on the condition that** we **lower the price** to $12 per dozen.	她說如果我們把價格降至每打12美元，她就接受1500打的訂購量。
A: She's **driving a hard bargain**. How much per **dozen** now?	她真會殺價。目前一打是多少？
B: The **current** price is $16 per dozen.	目前是16美元一打。
A: What should we do?	我們應該怎麼做呢？
B: I think we should make it $12, **she is one of our best customers**.	我們應該降到12美元。畢竟她是我們最好的客戶之一。
A: OK. Make it $12. The price is for her only.	好吧，降到12美元吧。這個價格只適用於她的訂單。

再學習單字片語

- on the condition that ph. 在某條件之下 → 補充 provided that 假設
- lower the price ph. 降價 → 補充 raise the price 提高價格
- drive a hard bargain ph. 很會殺價
- dozen n. 一打
- current adj. 當前的；目前的

換句話說一次學

❶ **Are you satisfying with our current price?** 您對我們現在的價格還滿意嗎？
❷ **There is no discount at all.** 一點折扣都沒有。
❸ **Can you reduce the price a little bit more?** 你能把價格再降低一點嗎？
❹ **I can't accept the terms you offered.** 我不能接受你們提出的條件。
❺ **We still need a further discussion.** 我們還需要進一步討論。

關鍵文法不能忘

主詞＋be動詞＋one of	+	形容詞最高級＋名詞
She is one of		our best customers.

主詞＋be動詞＋one of＋形容詞最高級＋名詞，這個句型使用的是形容詞最高級；以下的例子也是使用同樣的文法概念：

- **A knife is one of the simplest tools.** 刀是一種最普通的工具。
- **He is one of the most outstanding writers of the time.**
  他是當今最傑出的作家之一。
- **She is one of the best students in our class.**
  她是我們班最好的學生之一。
- **He is one of the greatest leader in the world.**
  他是世界上最偉大的領袖之一。
- **It is one of the most beautiful cars here.**
  這是這裡最漂亮的車之一。

用字精準要到位

「**目前是16美元一打。**」要怎麼說呢？

(√) **The current price is $16 per dozen.**
(×) **The now price is $16 per dozen.**

為什麼呢？

current 為形容詞，意為「現在的、當前的」。如果用 now 表達「當前的價格」則是：now the price 或者 the price now，不能說 the now price，沒有這種搭配。

Unit 76 Work Review
工作檢討會議

先從**對話**開始聽 Track 076

A: I want to **talk about** our work. Our business is **in a mess**. The sales went down sharply in Asian **market** recently. I think **we can do better than that.** I hope you can give me some good **suggestion**s.	我想談談我們的工作。我們的生意現在很糟糕。最近在亞洲市場的銷售額大幅降低。我們應該可以做得比現在更好的。希望大家能給一些好的意見。
B: I think our propaganda work isn't enough. When customers see our products, they don't regard it as a **well-known brand**. We should work on this aspect.	我認為是我們的宣傳不夠。消費者看到我們的產品，都不認為它們是名牌產品。因此，我們可以在這個層面改進一下。
A: Good point! Any other **opinion**s?	說得很好！還有其他什麼建議嗎？
B: No, I think this is the **major** problem.	沒有，我覺得這是最大的問題。
A: Okay. Send me a follow-up report by the end of this month.	好。月底前給我追蹤報告。
B: No problem.	沒問題。

再學習**單字片語**

- talk about ph. 談論 → 近 discuss 討論
- in a mess ph. 一團亂
- market n. 市場
- major adj. 主要的 → 補充 minor 較小的；不重要的
- suggestion n. 建議
- well-known brand ph. 知名品牌
- opinion n. 意見

換句話說一次學

❶ **Do you have any opinion about this matter?** 你對這件事情有何意見？

❷ **We still need a new plan to improve our work.**
我們需要有個全新的計畫來改進現有的工作。

❸ **I think you didn't take this point into consideration.**
我認為你沒考慮到這一點。

❹ **We can cooperate with other companies.** 我們可以和其他企業聯手。

❺ **A publicity campaign might be a good choice.**
做媒體宣傳是個不錯的選擇。

關鍵文法不能忘

主詞＋助動詞＋動詞	+	副詞比較級＋than＋名詞
We can do		**better than that.**

主詞＋動詞＋副詞比較級+than，再加上名詞，這是一個典型的比較句型。意思是「……可以更……」。主要用於前後兩者情況懸殊，或是有差距的情形之下；以下的例子也是使用同樣的文法概念：

- **I know he is better than the rest.** 我知道他比其他人都優秀。
- **You look better than before.** 你氣色看起來比以前好多了。
- **He can do better than this anytime.** 他一定能比這做得更好。

用字精準要到位

「我們的生意一團糟。」要怎麼說呢？

✓ **Our business is in a mess.**

✗ **Our business is at a mess.**

為什麼呢？

片語 in a mess 意為「一團糟、一片混亂、亂七八糟」。是固定搭配的片語，其中的介系詞是 in 而不是 at。

Unit 77 Looking for Help

尋求支援

先從對話開始聽 Track 077

A: Hello, Mike. Could you **do me a favor**?	你好，邁克。你能幫我一個忙嗎？
B: Sure. What's **wrong**?	當然。發生了什麼事情嗎？
A: There is a **serious error** in my documents. **Tom told me you have rich experience in verifying data**, so...	我的檔案出現了一個嚴重的錯誤。湯姆告訴我，你在審核資料這方面經驗相當豐富，所以……
B: I think what you need is the documents of 1999. I am afraid you have to go to the Accounting Department.	我覺得目前妳所需要的是 1999 年的資料。恐怕妳需要跑一趟會計部了。
A: I see. I'll go there right now. Thanks a lot!	我明白了。我現在馬上去。非常感謝！
B: You are welcome.	不客氣。

再學習單字片語

- do sb. a favor *ph.* 幫某人一個忙
- wrong *adj.* 錯誤的 → **補充** correct 正確的
- serious *adj.* 嚴重的 → **補充** minor 較小的；不重要的
- error *n.* 錯誤
- verify *v.* 審核

換句話說一次學

❶ **Can you give me a hand?** 您能幫我一下嗎？

❷ **I'd better ask our manager for help.** 我最好向經理求助一下。

❸ **Can you point out my mistakes in the papers?**
你能幫我看看這些文件裡哪裡有錯誤嗎？

❹ **I need some important files to complete this project.**
我需要一些很重要的檔案才能完成這項專案。

❺ **I must go to the archive office to find out some old documents.**
我必須去檔案室找出一些舊檔案。

關鍵文法不能忘

主詞＋tell＋受詞	+	that 子句
Tom told me		(that) you have rich experience in verifying data.

sb. tell sb. that... 這個句型的意思某人告訴某人某事。that 引導告知的具體內容，that 可省略；以下的例子也是使用同樣的文法概念：

- **Would you tell Tom that I called?**
  你能告訴湯姆我打過電話給他嗎？
- **He haven't told anyone about it.** 他還沒告訴任何人這件事過。
- **Would you tell me your decision?** 你願意告訴我你的決定嗎？
- **He told me that you came here.** 他告訴我說你到這裡來了。
- **I was told that you were ill.** 我被告知你生病了。

用字精準要到位

「你能幫我一個忙嗎？」要怎麼說呢？

(√) **Could you give me a hand?**
(×) **Could you do me a hand?**

為什麼呢？

表達「幫忙」的片語有：give a hand 和 do a favor，這些都是固定的表達方式。不能說 do a hand 或者 give a favor。兩者間不能互相混淆。

Unit 78 Expressing Concerns
關心工作狀態

先從對話開始聽 Track 078

A: You look tired. Want to go and get **a cup of** coffee? My **treat**.	妳看起來很累。要不要一起喝杯咖啡？我請客。
B: Thanks. **Caffeine** is exactly what I want now.	謝謝。我現在需要的正是咖啡因呢！
A: How is everything going?	工作進行得如何？
B: **As usual**, it's all about visiting clients, working on proposals, and making phone calls.	老樣子，不停地拜訪客戶、寫提案和打電話。
A: Same here. Sometimes **the clients' refusals cause me great anxiety.**	我也是。有時候客戶的拒絕也讓我非常焦慮。
B: I understand. Let us both **keep up the good work**. I believe we can make it!	我懂。我們一起努力維持工作品質。我相信我們可以的！

再學習單字片語

- a cup of *ph.* 一杯
- treat *n.* 招待 → 補充 on the house 本店招待
- Caffeine *n.* 咖啡因
- as usual *ph.* 像往常一樣
- anxiety *n.* 焦慮 → 補充 anxious 焦慮的
- keep up the good work *ph.* 維持工作好品質

換句話說一次學

❶ **A long vacation is exactly what I need.** 我正好需要放長假。

❷ **He found it hard to live an ordinary life.** 他發現自己很難去過平凡的生活。

❸ **As usual, he arrived in the office at nine o'clock sharp.** 他像往常一樣九點準時到辦公室。

❹ **You are exactly the one I need.** 你正是我所需要的人。

❺ **Would you like to have some snacks?** 你要吃點零食嗎？

❻ **I am glad to see your achievement.** 很高興看到你的成就。

關鍵文法不能忘

sth.＋cause	+	sb.＋sth.
The clients' refusals cause		me great anxiety.

sth. cause sb. sth. 這個句型的意思是「某事引起某人如何」；以下的例子也是使用同樣的文法概念：

- **That causes me to think deeply.** 這不禁讓我深思起來。
- **It causes the company to reorganize.** 這讓公司必須重新整頓。
- **The notice caused me to feel angry.** 這個通知讓我感到很生氣。
- **His words caused me to feel sad.** 他的話語讓我感到傷心。
- **It caused the devastating disaster.** 它造成了慘絕人寰的災難。

用字精準要到位

「你看起來很累。」要怎麼說呢？

✓ **You look tired.**

✗ **You look tiring.**

為什麼呢？

現在分詞 tiring 的意思是「累人的、麻煩的、無聊的、引起疲勞的」；過去分詞 tired 的意思是「疲倦的、厭倦的、厭煩的」。二者的區別是：tiring 是某物令人疲憊；而 tired 是某人感到疲憊。

Unit 79 Annual Sales Target

年度銷售目標

先從對話開始聽 Track 079

A: Let's start our meeting now. Polly, please kindly **take minutes**.	開始開會吧！波莉，麻煩妳做會議紀錄。
B: OK. And I will post the **meeting minutes** on the internet **as well**.	好的。我也會把會議紀錄張貼在網路上。
A: Thank you. You're very **thoughtful**. Let's get into the **subject** now. The sales of this year must be raised.	謝謝，妳考慮得很周到。我們進入正題吧！本年度的銷售成績必須提升。
B: How?	要怎麼提升？
A: In the following months, I expect each of you to have at least five new clients every month. I'll also raise the monthly **budget** for any kinds of client visits. At the same time, I'll **upgrade** the **follow-up system** to elevate the overall work efficiency.	接下來的幾個月裡，我希望大家每個月務必開發至少五名客戶。另外，我也會提高每個月拜訪客戶任何形式的預算。同時，我會升級追蹤系統，以提升整體工作效率。
B: Got it! We will **try our best** to achieve the goal!	瞭解！我們會盡最大的努力達成目標！

再學習單字片語

- take minutes ph. 做會議記錄
- meeting minutes ph. 會議記錄
- as well ph. 一樣地 → 近 likewise 同樣地
- thoughtful adj. 考慮周到的 → 近 considerate 體貼的
- subject n. 主題
- budget n. 預算
- upgrade v. 更新；升級
- follow-up system ph. 追蹤系統
- try one's best ph. 盡全力

換句話說一次學

❶ **Please put the poster on the wall after the meeting.**
請在會議後把這張海報貼在牆上。

❷ **You can add some statistics into the paper.**
你可以在報告中加入一點統計數據。

❸ **How do you know he is the new manager?** 你怎麼知道他是新主管？

❹ **I will try my best to keep the client!** 我會盡力留住那個客戶！

❺ **Let's move onto the next subject.** 我們進入下一個主題吧。

關鍵文法不能忘

How	+	助動詞＋主詞＋動詞／to V.
How		(to achieve the goal)?

How? 實際上是 How to achieve the goal? 的省略。當 how 置於句首，用來詢問「怎麼、如何」時，後面不能接 to。how 除了可單獨形成一個疑問句，還可用於以下問句：

- **How do you know Janice from the Human Resource Department?**
  你怎麼會認識人事部的珍妮絲？

若要在陳述句裡表示「知道怎麼」，就能用 how to：

- **He doesn't know how to operate that machine.**
  他不知道該怎麼操作這台機器。

用字精準要到位

「**開始開會吧。**」要怎麼說呢？

✓ **Let's start our meeting now.**
✗ **Let's start to our meeting now.**

為什麼呢？

start 的用法是：start to do sth. 或者 start sth.。可見，如果 start 後面接的是動詞，那麼要用動詞不定式；如果 start 後面接的是名詞，那麼直接加名詞。

Unit 80 Supervising over Work Progress 主管關切團隊績效

先從對話開始聽 Track 080

A: Molly, how is everything going? What have your team been doing lately?	莫莉，一切還順利嗎？妳的部門最近在做些什麼？
B: So far so good. At least our department isn't **fall**ing **apart**. We have a **progress** meeting at four every Friday.	到目前為止，一切順利。至少我們部門沒有四分五裂。我們每週五的四點會開進度會議。
A: Do you think it works?	妳覺得有效嗎？
B: **No doubt**! **It is necessary for us to review our results weekly.** I get to keep track of each person's results.	當然有效！我認為每週檢討績效是必要的。這樣我才得以追蹤每個人的表現。
A: You made a very **intelligent** decision. What about the team members?	妳的決策很明智。那組員的情況如何？
B: I'm trying my best to **smooth** the way for them. I am looking forward to see a **lively** and successful team. **Not to mention**, **excellent** results as well.	我盡力幫助他們解決問題。我期待看到一個朝氣蓬勃、成功的團隊。當然，還有亮眼的成績。

再學習單字片語

- fall apart ph. 分離；分解
- progress n. 進展；進度
- no doubt ph. 毫無疑問 → 近 undoubtedly 無疑地
- necessary adj. 必要的 → 補充 unnecessary 不必要的
- review v. 審視；檢閱
- weekly adv. 每週地
- intelligent adj. 聰明的
- smooth v. 使順利

- lively adj. 有活力的 → 近 energetic 充滿動力的
- not to mention ph. 更不用提
- excellent adj. 優異的

換句話說一次學

❶ **I shall see you at ten Monday morning.** 我們週一早上十點見。
❷ **The auction will be started at six on Saturday night.**
拍賣會將在週六晚上六點開始。
❸ **It is necessary for us to hold a welcome party for our chairman.**
我們有必要為主席舉行一場歡迎會。
❹ **It is necessary for the people to fight over justice.** 人們有必要爭取正義。
❺ **The team was falling apart.** 那個團隊四分五裂了。

關鍵文法不能忘

It is necessary	+	for sb. to V.
It is necessary		for us to review our results weekly.

表達有必要做某事，使用虛主詞 It 來帶出需要做的事情為何；以下是使用相同文法概念的例句：

- **It is necessary for me to sleep on it.** 我有必要考慮一下。
- **It is necessary to change.** 改變是必須的。
- **It is necessary to go to the dentist regularly.**
定期看牙醫是必須的。

用字精準要到位

「目前為止都不錯。」要怎麼說呢？

✓ **So far so good.**
✗ **So far very good.**

為什麼呢？

So far so good. 是「到目前為止還好」的意思。是個固定的表達方式。不可隨意替換裡面的每一個字。

Unit 81 Rewards for Good Performances 激勵優良表現

先從對話開始聽 Track 081

A: Stanley, I've got something to tell you. I just came back from Sunrise Limited, and they decided to sign a one-year **contract** with us.	史丹利，我有話要跟你說。我剛拜訪完日出有限公司，他們同意和我們簽署一年的合約。
B: Excellent! I told you so. **Where there's a will, there's a way.**	太好了！我就説吧，有志者事竟成。
A: Yes. I'm glad that I listened to your **advice**.	沒錯。當初聽你的忠告是對的。
B: I **am pleased with** your **performance**. In fact, I'm seriously thinking about approving your ask for a pay raise.	對於你的表現，我感到很滿意。事實上，我很認真考慮核准你的加薪。
A: Really? Thank you. I will keep working hard!	真的嗎？謝謝你，我會繼續努力工作的！
B: Great! I'm giving you an **extra bonus** this month as a **reward** for the contracts you've won for the past few weeks.	很好！我這個月會給你額外獎金，作為過去這幾週來你拿到的合約的獎賞。

再學習單字片語

- contract n. 合約
- Where there is a will, there is a way. 有志者，事竟成。
- advice n. 建議 → 近 opinion 意見
- be pleased with ph. 感到開心、愉快 → 近 be delighted with 感到愉悅
- performance n. 表現
- extra adj. 額外的
- bonus n. 獎金；紅利
- reward n. 獎賞

換句話說一次學

❶ **Can you share your thoughts on this issue?**

你可以分享針對這個觀點的看法嗎？

❷ **They don't know the reason why you cancelled the order.**
他們不知道你取消訂單的原因。

❸ **You should have a three-month probation.** 你應該有三個月的試用期。

❹ **I just came back from the office.** 我剛從辦公室回來。

❺ **He doesn't understand her logic behind the statement.**
他不明白她論述背後的邏輯。

❻ **Where there's a dream, it will come true one day.**
只要有夢想就總有一天會實現。

關鍵文法不能忘

Where 條件句,	+	主句
Where there is a will,		there's a way.

Where there's a will, there's a way. 有志者事竟成。表達「如果」除了常用的 if 之外，where 也可以引導條件句，如要表達「有愛就有希望」可以說If there's love, there's hope. 或者可以說 Where there's love, there's hope.；以下是使用相同文法概念的例句：

- **Where there's effort, there's success.** 只要努力就會成功。
- **Where there's a start, we should keep on.** 只要開始了，就要繼續下去。
- **If there's strong will, we will overcome all difficulties.**
只要意志堅定，我們就能克服一切困難。
- **If there's confidence, we'll make it.** 只要有信心，我們就能成功。
- **Where there's courage, there's a hero.** 有勇氣就能成為英雄。

「我對你的表現很滿意。」要怎麼說呢？

Ⓥ **I'm pleased with your performance.**

ⓧ **I'm pleased for your performance.**

為什麼呢？

片語 be pleased with sth./ sb. 意為「對某物／某人感到滿意」。這是固定的搭配，其中的介系詞應該是 with 而不是 for。

Unit 82 Celebrating for Success
慶祝年度目標達成

先從對話開始聽 Track 082

A: Wow, the restaurant is awesome. I can **hardly recall** the last time I actually dine in a restaurant.	哇，這家餐廳好棒！我幾乎忘了有多久沒在餐廳好好吃頓飯了。
B: I couldn't agree more. We worked like hell for the past few months, yet, I am happy with the **result**.	沒錯。過去幾個月來，我們拼了命地工作，不過我對結果感到很滿意。
A: I would like to thank all of you for **devoting** yourself to the job. I would also like to show my great **appreciation** to you. You're the best.	我要感謝你們，這麼投入在工作之中。我也要向你們致上萬分敬意。你們是最棒的！
B: Your strong ambition and **executive power** also have an **influence** on us.	我們都是受到你強烈的野心與執行力所影響。
A: Thank you very much. Lastly, I have good news for you. **All of you will be rewarded an extra bonus.** Now, let's toast and celebrate our glory!	謝謝。最後，我要告訴你們一個好消息。公司決定給你們額外的獎金，以示獎勵。現在，讓我們舉杯慶祝我們的榮耀！
B: Cheers!	乾杯！

再學習單字片語

- hardly *adv.* 幾乎不 → 近 barely 幾乎無法
- recall *v.* 回想起
- result *n.* 結果
- devote *v.* 貢獻 → 近 dedicate 貢獻（時間、精力）
- appreciation *n.* 感激

- executive power *ph.* 執行力
- influence *n.* 影響（力）

換句話說一次學

❶ **I totally agree with you.** 我完全同意你的說法。
❷ **Only by working hard can we achieve the goal.** 只有努力，才能成功。
❸ **Let's celebrate our success!** 讓我們為我們的成功慶祝！

關鍵文法不能忘

名詞＋be動詞	+	過去分詞＋其他補語
All of you will be		rewarded an extra bonus.

All of you will be rewarded an extra bonus.（公司決定給你們額外的獎金。）實際上這是一個含被動語態的句子，如直譯的話應為：你們所有的人將被獎勵額外的獎金。be動詞＋done 是被動語態的標誌；以下是使用相同文法概念的例句：

- **All furniture in the house were sold.**
  房子裡的傢俱都被賣掉了。
- **The foreign guests were given a warm welcome by the children.** 孩子們熱烈地歡迎外賓。
- **The flowers were taken care of with great attentiveness by grandpa.** 爺爺用心照顧這些花。

用字精準要到位

「**說得沒錯。**」要怎麼說呢？

√ **I couldn't agree more.**
× **I don't agree with you.**

為什麼呢？

I don't agree with you 意思是「我不同意你的觀點（說法）」，而I couldn't agree more 直譯是「我不能更同意你的說法了」，也就是「我完全同意」的意思。雖然兩個句子很相似，但是二者的意義完全不一樣。

Chapter 3

外出旅遊趣

Unit 83 At the Airport 抵達機場

先從對話開始聽 Track 083

A: Please give me your **passport** and ticket.	請給我您的護照和機票。
B: I would like a **window seat**, closer to the front, please.	我想要坐在靠窗、前面一點的位子。
A: OK, **let me check.** How many pieces of **luggage** do you have?	好，我查詢一下。請問您有幾件行李呢？
B: Only these three.	就這三件。
A: OK, here is your boarding pass. Your boarding gate is C51. The **boarding time** is nine thirty, and your **seat number** is 17D.	好了，這是您的登機證。您的登機門是C51，登機時間是九點半，座位號碼17D。
B: OK. Thank you!	好的，謝謝！

再學習單字片語

- passport *n.* 護照
- window seat *ph.* 靠窗座位
→ 補充 aisle seat 靠走道座位
- check *v.* 檢查；核對
- luggage *n.* 行李
- boarding time *ph.* 登機時間
- seat number *ph.* 座位號碼

換句話說一次學

❶ **Where is the departure lobby?** 請問出境大廳在哪裡？
❷ **I need to change my flight.** 我需要更改我的飛機班次。
❸ **This is a direct flight.** 這是直航班機。
❹ **This piece of luggage is overweight.** 這個行李超重了。
❺ **Your luggage is 2 kilograms overweight.** 你的行李超重兩公斤。
❻ **Could I take this suitcase onto the plane?** 這件行李箱我可以拿上飛機嗎？

關鍵文法不能忘

Let	+	受詞＋原形動詞
Let		me check.

Let sb. do sth. 是一個固定的句型。let 後面接了一個受詞，受詞後面接原形動詞。表達的意思是讓某人做某事，有允許的意味。意思跟 allow sb. to do sth. 相近；以下是其他的相關例句：

- **Let me take a look at it.** 讓我看看。
- **Let him leave!** 讓他走！
- **Let him face the consequence!** 讓他承擔後果！
- **Let him do it!** 就讓他做吧！
- **Let it be!** 讓它去吧！

用字精準要到位

「你有多少件行李？」要怎麼說呢？

✓ **How many pieces of luggage do you have?**
✗ **How many luggage do you have?**

為什麼呢？

luggage 是個不可數名詞，因此，不能用 how many 直接來提問，而要加上 pieces，即：How many pieces of luggage...? 要這樣來說才對。

Unit 84 Declare Animal/ Plant Quarantine 申報檢驗

先從對話開始聽 Track 084

A: Do you have anything to declare?	妳有什麼東西要申報的嗎？
B: I have bought some **vegetable**s. Do I have to declare animal and plant quarantine?	我買了一些蔬菜，需要申報檢驗嗎？
A: Yes, please **fill in** this sheet first, and then **put them on** the **scale**.	是的，請先填寫這張表格，再把東西放到磅秤上。
B: Is that all?	這樣就行了嗎？
A: Yes, I will give you a **certificate**, and you will have to **take it to** the animal/ plant quarantine center for **inspection**.	是的，我會開證明給妳。妳必須拿去當地機場的動植物檢驗所檢查。
B: OK, I see. Thank you.	我知道了，謝謝！
A: You're welcome. **Enjoy your trip.**	不客氣，祝妳旅途愉快。

再學習單字片語

- vegetable n. 蔬菜 → 近 meat 肉
- fill in ph. 填寫
- put sth. on ph. 放置
- scale n. 磅秤
- certificate n. 證件
- take sth. to ph. 拿去
- inspection n. 檢查→ 近 examination 檢視

換句話說一次學

❶ **Could I take these with me?** 我可以帶這些去嗎？
❷ **May I ask what I need to declare?** 請問我有什麼東西是必須申報的？
❸ **What items are prohibited to be brought into Taiwan for the moment?** 請問現在去台灣有哪些東西是禁止攜帶入境的？
❹ **What is in your baggage?** 你的行李裡裝了什麼？
❺ **They are just some personal belongings.** 只是一些私人用品而已。

關鍵文法不能忘

原形動詞	+	名詞
Enjoy		your trip.

此句型是祈使句，主語一般會被省略，所以句子開頭用的是原形動詞。祈使句一般會表達祈使、要求的意思。但是對話中的這個句子表達的則是對他人的祝福。也可以加上感嘆號，來增加句子的語氣；以下是其他的相關例句：

- **Enjoy your vacation!** 假日愉快！
- **Enjoy your flight!** 旅途愉快！
- **Have a good time!** 過得愉快！
- **Have a nice day!** 祝你有美好的一天！
- **Have a pleasant stay!** 玩得開心！

用字精準要到位

「A: 謝謝；B: 不客氣。」要怎麼説呢？

√ **A: Thank you. B: You're welcome.**
× **A: Thank you. B: It doesn't matter.**

為什麼呢？

當聽到別人説謝謝的時候，我們一般不用 It doesn't matter.（不要緊。），而用 You're welcome.（不客氣。）來回答。因為前者一般用於道歉的場合而後者才是表示不用謝的意思。

Unit 85 Duty-free Shops

逛逛免稅商店

先從對話開始聽 Track 085

A: Excuse me, may I ask how much the moisturizer is?	打擾了，請問這一瓶乳液要多少錢？
B: Five hundred dollars each. If you buy more, I will give you a **discount**.	一瓶五百元，多買有優惠。
A: How much discount can you offer?	你可以給我多少折扣？
B: 10% if you buy two.	如果你買兩瓶的話，我可以給你打九折。
A: Well...I'll just take one.	那……我只要一瓶就夠了。
B: OK, **it'll cost you 500 dollars.** Would you like me to **wrap** it **up** for you?	好的，一共是五百元，需要我幫您包裝起來嗎？
A: Great. Thanks.	太好了，謝謝。
B: My **pleasure**. **Here you are.** Have a **nice** day.	我的榮幸。您的東西在這裡，祝您有個美好的一天。

再學習單字片語

- discount n. 折扣
- cost v. 花費 → 近 charge 收費
- wrap up ph. 包裝起來
- pleasure n. 榮幸
- Here you are. 給你
- nice adj. 美好的 → 近 wonderful 美好的

換句話說一次學

❶ **Are these two brands of moisturizer the same price?**
請問這兩種牌子的乳液，價格一樣嗎？

❷ **Is there any freebies if I buy this cleanser?** 我買一瓶這個洗面乳有什麼贈品呢？

❸ **I have only 60 dollars; could I pay the rest by credit card?**
我只有六十美元，其餘不夠的我可以刷卡嗎？

❹ **We bought two bottles of wine and three pieces of jewelry at the duty-free shop.** 我們在免稅商店買了兩瓶酒和三件首飾。

❺ **Any liquor available here?** 這裡有賣酒嗎？

❻ **Do you have change for a fifty?** 可以換五十元的零錢嗎？

關鍵文法不能忘

It	+	costs＋sb.＋金錢數量
It		costs you 500 dollars.

在這個句型當中，it 是作為虛主詞。cost 表示花了多少錢（代價），因此，It costs sb. sth. 就表示物品的價錢，或是某人在某物上花了多少錢，請注意：cost 的過去式也是 cost；以下是其他的相關例句：

- **That mistake cost her dear.** 那個差錯使她付出了沉重的代價。
- **Gambling cost my father a great fortune.**
  賭博使父親失去了一大筆財富。
- **How much does it cost?** 它需要多少錢？
- **It cost me one hundred dollars to buy this phone.**
  這個手機花了我一百美元。
- **In fact, it cost him less than that.**
  事實上，這並沒有花他那麼多錢。

用字精準要到位

「給你。」要怎麼說呢？

✓ **Here you are.**

✗ **Here are you.**

為什麼呢？

以 here 開頭的句子，如果遇到主語是代詞的話，要用不完全倒裝，即：Here + 代詞 + 謂語動詞。因此，這裡應該 you 在前，are 在後才對。

Unit 86 Boarding 登機

先從對話開始聽 Track 086

A: Are you holding a business or **economic** class **ticket**?	請問您是商務艙還是經濟艙呢？
B: Business.	商務艙。
A: Please wait for a while. **Board**ing will proceed with passengers flying economic class first.	那麼請您稍候一下，現在是由經濟艙開始登機。
B: I hope the wait's not too long.	希望不會等太久。
A: Just a few minutes.	大概再幾分鐘。
B: **By the way**, I am **permit**ted four carry-on items, right?	順便問一下，我可以帶四件手提行李上機，對吧？
A: I'm so sorry. **I am afraid that you may only have three pieces of carry-on luggage.**	抱歉，恐怕您只能帶三件手提行李上機。
B: Got it.	了解。

再學習單字片語

- economic *adj.* 經濟的
- ticket *n.* 票
- board *v.* 登上（飛機、船等）
- by the way *ph.* 順帶一提 → **補充** also/ besides/ in addition 除此之外
- permit *v.* 允許 → **近** allow 准許
- piece *n.*（一）件

換句話說一次學

❶ **How do I find Gate C20 from here?** 我要去 C20 登機門，請問該怎麼走呢？

❷ **Can you tell me how to get to Gate 5 from here?**
請問從這裡到 5 號登機門要怎麼走？

❸ **When do we start boarding?** 我們什麼時候開始登機？
❹ **Please present your boarding pass.** 請出示您的登機證。
❺ **Is this plane going to take off on time?** 這班飛機會準時起飛嗎？
❻ **How long will we be delayed?** 我們會被耽擱多久呢？

關鍵文法不能忘

I'm afraid	+	that 子句
I'm afraid		that you may only...

I am afraid 後面可以加上 that 子句，表達的意思是「恐怕……」。其中 afraid 是形容詞，也可以替換成別的形容詞，再接續 that 子句。比如，I am glad that...、I am so happy that...；以下是其他的相關例句：

- **I am afraid that I am not available tomorrow morning.**
  明天早上我恐怕沒有空。
- **I am afraid that I cannot attend the meeting.**
  我恐怕無法參與會議。
- **I am afraid that I cannot accept your suggestion.**
  我恐怕不能接受您的建議。
- **I am afraid that I cannot accept this offer.**
  我恐怕不能接受你方的條件。
- **I am so glad that you attended this party.** 很高興你參加派對。
- **I am happy that you made progress.** 我很開心你進步了。

用字精準要到位

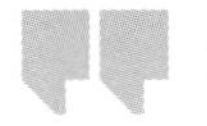

「我可以帶四件手提行李。」要怎麼說呢？

✓ **I am permitted four carry-on items.**
✗ **I permit four carry-on items.**

為什麼呢？

從句子的意思可以知道：不是我允許，而是我被允許帶四件手提行李上機。因此，在這個句子中，我們要用 permit 的被動形式才對。

Unit 87 In the Cabin
在機艙內

先從對話開始聽 Track 087

A: Good afternoon! Thank you for **fly**ing **with** Japan Air. Can I **help** you?	午安！歡迎您搭乘日本航空，有什麼可以為您服務的嗎？
B: **I want to change my seat** because one of my **relative** is also on this plane. May I switch to a seat near her?	我想換座位，因為我有一位親戚也在這班飛機上，可以讓我換到她座位附近嗎？
A: I am sorry. All seats are full now, but I can **check for you**. Please wait.	不好意思，今天的機位都滿了，但是我可以幫您查詢一下，請您稍候。
B: Thank you. Sorry for the trouble.	謝謝你。抱歉造成麻煩。
A: I am so sorry. I have checked but there isn't any **vacant** seat.	很抱歉，我查過了，但是真的沒有空位。
B: Ah, I see. It's okay. Thank you for helping.	啊，這樣啊。沒關係。謝謝你的幫忙。

再學習單字片語

- fly with *ph.* 搭乘……航空
- help *v.* 幫助
- change seat *ph.* 換座位
- relative *n.* 親戚
- check for sb. *ph.* 幫忙某人查詢
- vacant *adj.* 空的 → **補充** occupied 有人使用的

換句話說一次學

❶ **Can you take me to seat 15A?** 可以帶我到 15A 的座位嗎？
❷ **Sorry, but I think it's my seat.** 對不起，你好像坐到我的位子了。
❸ **Could you put my baggage into the compartment?** 你可以幫我把行李放到置物箱嗎？
❹ **Could you show me today's lunch menu?** 可以給我今日午餐的菜單嗎？
❺ **I'd like beef stew with rice, please.** 請給我一份燉牛肉飯。
❻ **Can I offer you a cup of coffee?** 需要喝點咖啡嗎？

關鍵文法不能忘

I want	+	不定式動詞＋受詞補語
I want		to change my seat.

want to do sth. 就是想做某事的意思，後面接續的是不定式動詞。前面的主詞可以替換成 he/ she/ they 等。其他的動詞也可以接續不定式再加受詞補語，如：like to do sth.、hope to do sth.、wish to do sth.；以下是其他的相關例句：

- **I want to leave now.** 我想走了。
- **I want to win this competition.** 我想要贏得這場比賽。
- **The child likes to play tennis.** 這個孩子很喜歡打網球。
- **I hope to go with you.** 我希望能跟你一起走。
- **My mom wished to see me.** 我的母親很想見我。

用字精準要到位

「沒有空位。」要怎麼說呢？

✓ **There isn't any vacant seat.**
✗ **There isn't some vacant seat.**

為什麼呢？

在否定句中，我們一般要用 any 而不是 some 來表示數量，而且句子意思是說「一個空位也沒有了」，而 some 通常是表示「一些、若干」的意思，因此，在這裡要用 any 才對。

Unit 88 Transferring 轉機

先從對話開始聽 Track 088

A: Excuse me, how long do I have to wait for my next **flight**?	請問一下，我的下一個班機需要等多久？
B: About one and a half hours.	大約一個半鐘頭。
A: **Can I walk around since I have to wait for so long?**	既然要這麼久，我可以到處逛逛嗎？
B: **Certainly**.	當然可以。
A: When do I have to come back the latest?	我最晚什麼時候要回來呢？
B: You have to be back 30 minutes before **taking off** for boarding.	您必須在起飛前三十分鐘回來準備登機。
A: Thank you. I'll come back as soon as possible.	謝謝你！我會儘快回來的。

再學習單字片語

- flight *n.* 航班
- walk around *ph.* 四處走走
- certainly *adv.* 當然 → 近 absolutely/ definitely 當然
- take off *ph.* 起飛 → 補充 land 降落

換句話說一次學

❶ **Is this the transit lounge?** 請問這是過境大廳嗎？
❷ **How long are we staying here?** 我們要在這裡停留多久？
❸ **When do we begin to board?** 我們什麼時候開始登機呢？

❹ **Why do I have to transfer here?** 我為什麼需要在這裡轉機呢？

❺ **I have to stop over here for about nine hours.**
我得在這裡停留大約九個小時。

關鍵文法不能忘

主句	+	since＋子句
Can I walk around		**since I have to wait for so long?**

主句＋since＋子句的意思是「既然……，那麼……。」since 在這是「既然」的意思，它可以放置在句首或是句尾，這一點需要特別注意。一般我們常用的 since 意思是「從……起」，從某個時候開始就如何了的意思。比如： I have lived in this neighborhood since I was nine.（我從九歲開始就住在這個社區了。）以下是其他的相關例句：

- **Since you're busy, I will come visiting next time.**
  既然你很忙，那麼我下次再來拜訪。
- **You can't go out since you haven't finished the homework.**
  既然你還沒完成功課，你就不能出去。
- **You have no need to feel guilty since you didn't commit the crime.** 既然你沒犯罪，就沒必要覺得內疚。
- **You can't put a finger on this thing since you have left here.**
  既然你已經離開這了，你就不能再插手這件事。

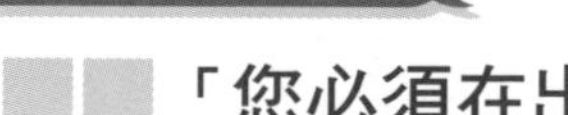

「您必須在出發前三十分鐘回來準備登機。」
要怎麼說呢？

✓ **You have to be back 30 minutes before taking off for boarding.**

✗ **You have to back 30 minutes before taking off for boarding.**

為什麼呢？

have to 表示一種客觀的需要，它的意思是「你必須……」，其後要接續動詞。而 back 並不是動詞，所以不能單獨放在這裡，我們要把它改為 be back 或是 come back 來用才能算對。

Unit 89 Arrivals
入境

先從**對話**開始聽 Track 089

A: What is the **purpose** of your visit?	請問你此行的目的是什麼？
B: I am here for **business**.	我來這裡做生意。
A: How long do you plan to stay here?	預計要停留多久呢？
B: About two **week**s.	大約兩星期。
A: Then where are you staying?	那你會住在哪裡？
B: I have **book**ed a **hotel**.	我已經訂了飯店。
A: Which hotel?	哪一家飯店？
B: The Royal Hotel.	皇家飯店。
A: Okay. Have a nice stay in our city.	好的。祝您在我們城市玩得愉快。

再學習**單字片語**

- purpose 名 目的 → 近 intention 意圖
- business 名 生意
- plan 名 計劃 → 近 schedule 規劃
- week 名 星期
- book 動 預定
- hotel 名 飯店

換句話說一次學

❶ **Do you have any friends or relatives here?** 你在這裡有親友嗎？
❷ **My grandparents live here.** 我的祖父母住在這裡。
❸ **Where do you plan to visit?** 你打算去哪些地方遊覽呢？
❹ **I want to go to the National Museum.** 我想去國立博物館參觀。
❺ **I have been to Europe in the past few months.** 我過去幾個月有去過歐洲。
❻ **May I ask where do you come from?** 請問你是哪裡人？

關鍵文法不能忘

How long	+	do＋主詞＋plan＋不定式動詞＋地點
How long		do you plan to stay here?

how long 是詢問時間長度的句型。How long do you plan to stay here? 的意思就是「你打算在這待多久？」其中的動詞 plan 還可以換成 want/ intend 等單字，均為計畫做某事的意思，後面都接續不定詞；以下是其他的相關例句：

- **How long do you plan to stay here?** 你打算在這待多久？
- **How long do you intend to stay here?** 你預計在這待多久？
- **How long do you expect to stay here?** 你希望待多久？
- **How long do you think you will stay here?** 你認為你會待多久？

用字精準要到位

「您會住在哪裡？」要怎麼說呢？

√ **Where are you staying?**
× **Where are you staying at?**

為什麼呢？

雖然 stay at 是個固定搭配，表示「投宿、暫住」的意思，但是，where 在這裡表示提問，是一個疑問副詞，因此，句子必須去掉後面的 at 才對。

Unit 90 Baggage Claim

領取行李

先從對話開始聽 Track 090

A: Excuse me. My name is Sarah. I flew American Airways, flight AB123, to Japan. But I can't find my baggage.	不好意思，我叫莎拉。我搭美國航空飛往日本的 AB123 班機，但是我找不到我的行李。
B: Could you **describe** your baggage to me in **detail**?	妳可以仔細形容一下妳行李的外觀嗎？
A: One of my luggage is a white **handbag**, and the other is a red plastic wheeled trunk. **There are some clothes, shoes, personal items, and gifts in them.**	一共有兩件，其中一個是白色的手提袋，另外一個是紅色有輪子的塑膠行李箱。裡面是一些衣服、鞋子、個人用品和禮物。
B: Please give me your **baggage tag.** I will go and check it for you right now.	麻煩給我您的行李吊牌，我立刻去調查。
A: Could you hurry up? I have to transfer to another flight. I can't **go on** with the **journey** without my baggage.	麻煩可以快一點嗎？我還要轉機，沒有行李我沒辦法繼續行程。
B: Just wait a few minutes. I will be right back.	稍等幾分鐘，我馬上就回來。
A: Thank you.	謝謝。

再學習單字片語

- **describe** v 形容 → 近 depict/ illustrate 描述
- **detail** n 細節
- **handbag** n 手提包
- **gift** n 禮物 → 近 present 禮物
- **baggage tag** ph 行李吊牌
- **go on** ph 繼續
- **journey** n 旅程

換句話說一次學

❶ **It was supposed to be collected at the No. 2 baggage claim. But it was changed to No. 3.** 原本在二號行李領取處領取，剛剛臨時更改為三號。

❷ **My baggage is seriously damaged. How are you going to deal with it?**
我的行李損壞得很嚴重。請問你們要怎麼處理？

❸ **I'd like to file for a compensation for the damaged luggage.**
我要求行李損壞賠償。

關鍵文法不能忘

There＋be動詞	+	名詞
There are		some clothes, shoes, ...

there＋be動詞，是一個非常典型的句型，表示在某地存在某物，有時候可以根據上下文省略地點。其中be動詞可以依後面接續的名詞屬性（單數或複數）來選擇用 is 還是 are，在過去時態中亦然；以下是其他的相關例句：

- **There is a big dining table in the kitchen.** 廚房裡有張很大的餐桌。
- **Where there is life, there is hope.** 留得青山在，不怕沒柴燒。
- **Is there any problem?** 有問題嗎？

用字精準要到位

「另外一個是紅色有輪子的塑膠行李箱。」
要怎麼說呢？

✓ **The other is a red plastic wheeled trunk.**

✗ **The other is a red plastic wheel trunk.**

為什麼呢？

wheeled 是個形容詞，它的意思是「有輪的、用輪子行走的」，可以用來修飾名詞。因此，要表示某行李箱是一個有輪子的行李箱，我們應該用 wheeled 而不是直接用 wheel。

Unit 91 Customs Declaration
海關申報

先從**對話**開始聽

A: Here is my customs declaration card.	這是我的海關申報表。
B: Please tell me what's **inside your baggage**?	這件行李裡面裝的是什麼？
A: Some clothes and **personal stuff**.	一些衣服還有私人用品。
B: Do you have anything else to **declare**, ma'am?	您有東西需要申報嗎，女士？
A: I have no idea... But I did buy something.	不知道欸……但是我確實買了點東西。
B: OK. What did you buy then?	好。那您買了什麼呢？
A: I bought **a bottle of perfume**. That shouldn't **need** to be declared, should it?	我買了一瓶香水，應該不用申報吧？
B: Sorry, it is **on the list.**	對不起，它在須申報的列表裡。
A: Alright, then.	好吧。

再學習**單字片語**

- customs declaration card *ph.* 海關申報表
- inside one's baggage *ph.* 在行李箱內
- personal stuff *ph.* 私人用品 → 近 personal item 私人物品
- declare *v.* 申報
- a bottle of *ph.* 一瓶
- perfume *n.* 香水
- need *v.* 需要
- on the list *ph.* 在清單上 → 補充 off the list 不在清單上

換句話說一次學

❶ **Please let me check your suitcase.** 請讓我檢查你的行李箱。
❷ **I brought some presents for relatives.** 我帶了一些禮物要送親戚。
❸ **They are just personal stuff.** 這些只是私人用品。
❹ **Do you have cash with you?** 你有帶現金嗎？
❺ **How many bottles of perfume could I bring?** 可以帶幾瓶香水呢？
❻ **Do I need to pay tax?** 我需要付稅金嗎？
❼ **Do you have anything expensive with you?** 你有帶什麼貴重物品嗎？

關鍵文法不能忘

Here＋be動詞	+	物品
Here is		my customs declaration card.

Here is... 是一個倒裝句型，而且是完全倒裝。正常的語序應該是 ...is here. 字面的意思是某物在某處，翻譯起來可以比較靈活。如對話中的 Here is my customs declaration card. 就可以翻譯成：「這是我的申報表。」以下是其他的相關例句：

- **Here is $ 30.** 給您三十美元。
- **Here is your ticket.** 這是你的機票。
- **Here are all the products.** 這就是所有的產品了。

用字精準要到位

「這件行李裡面裝的是什麼？」要怎麼說呢？

✓ **Please tell me what's inside your baggage?**
✗ **Please tell me what inside your baggage is?**

為什麼呢？

這是由what 引導的一個賓語子句，該子句要採用陳述句語序才對。由於子句本身就是主謂的順序，因此，不需要再把 is 提到句末，子句本身語序保持不變就可以了。

Unit 92 Asking for Directions
向他人問路

先從**對話**開始聽 Track 092

A: Excuse me. Could you tell me how I can get to the biggest **mall** nearby?	不好意思，你可以告訴我怎麼去這附近最大的購物中心嗎？
B: **No problem**. Are you going to take the **subway** or walk there? **It will take 30 minutes to walk there.**	沒問題，妳想搭地鐵或是走路去呢？走路去的話要半小時。
A: Then I will walk about the city.	那我走路好了，可以順便到處逛逛。
B: Are you a tourist?	妳是遊客吧？
A: Yup.	對啊。
B: OK. Turn **right** at this traffic light and then go **straight** down to a big screen wall. There will be a **crossroad**. Take the left, and you won't miss it.	好，妳在這個紅綠燈右轉，然後直走到有一面電視牆的地方，那裡是個交叉路口，妳走左邊那條路就會找到它的。
A: It's very kind of you to help me out here. Thank you!	你人真好，謝謝你的幫忙！

再學習**單字片語**

- mall *n.* 商場
- subway *n.* 地鐵 → **補充** highway 高速公路
- no problem *ph.* 沒問題
- right *adj.* 右邊的 → **補充** left 左邊的
- straight *adj.* 直的
- crossroad *n.* 交叉路 → **近** intersection 十字路口

換句話說一次學

❶ **Could you tell me how I can get to the biggest mall nearby?**
你可以告訴我怎麼去這附近最大的購物中心嗎？

❷ **Are you going to take the underground or walk there?**
你想搭地鐵或是走路去呢？

❸ **It will take 30 minutes to walk there.** 走路去的話要半小時。

❹ **It's very kind of you to help me out here. Thank you!**
你人真好，謝謝你的幫忙！

關鍵文法不能忘

It takes/ will take	+	時間＋不定式動詞
It takes		30 minutes to walk there.

It will take/ takes some time to do sth. 是表示做某事要花費多長時間。it 在句子中充當虛主詞，代替後面句子的內容。take 加上受詞再接續不定詞。這個句型與 sb. spend some time on sth./ doing sth. 相同；以下是其他的相關例句：

- **It took me one hour to reach the bus station.**
  我花了一個小時才到公車站。
- **It takes thirty minutes to finish this task.** 完成這個任務需要半小時。
- **It'll take three years to make a profit.** 要花三年才能有利潤。
- **It takes fifteen minutes to go there on foot.**
  走路到那裡要十五分鐘。
- **It takes time to get used to this new environment.**
  適應新環境需要時間。

用字精準要到位

「你人真好，謝謝你的幫忙。」要怎麼說呢？

√ **It's so kind of you to help me out here.**

× **It's so kind for you to help me out here.**

為什麼呢？

It is＋形容詞＋for sb. to do sth. 常用於表示事物，而 It is＋形容詞＋of sb. to do sth. 則一般用來修飾人，表示人的性格，品德。在這裡是說明對方的好心，因此要用後者。

Unit 93 Taking the Subway and the Train 搭地鐵與火車

先從對話開始聽 Track 093

A: Excuse me. How can I get to the nearest **train station**?	不好意思，請問最近的火車站怎麼去？
B: You can take the subway there, and walk to the train station. It only takes 3 minutes.	妳可以搭地鐵再走路去火車站。只需要三分鐘。
A: Which stop should I get off?	我應該在哪一站下車？
B: **Get off** at the fourth stop.	在第四站下車。
A: How much does the ticket cost?	那請問車票是多少錢呢？
B: I am not sure. You can ask the **information desk** for help. **Go straight** and turn right at the **corner**.	這個我不清楚，妳可以去詢問服務台。妳往前走，轉角右轉就是了。
A: Thanks! **It's so kind of you.**	謝謝！你人真是太好了。
B: Anytime.	不客氣。

再學習單字片語

- train station *ph.* 火車站
- get off *ph.* 下車 → **補充** get on 上車
- information desk *ph.* 服務台
- go straight *ph.* 直走
- corner *n.* 轉角

換句話說一次學

❶ **Which Subway line should I take if I want to get to New York?**
請問去紐約要搭哪一條線的地鐵呢？

❷ **I want to buy two express tickets to Shanghai, please.**
請給我兩張去上海的特快車票。

❸ **Could you give me a schedule?** 可以給我一份時刻表嗎？

❹ **Do I have to transfer trains if I am going from here to there?**
請問從這裡到那裡需要轉乘嗎？

❺ **What time does the last train to Taipei leave today?**
請問今天到臺北的末班車大概是幾點呢？

關鍵文法不能忘

It's＋形容詞	+	of＋人＋（不定式動詞）
It's so kind		of you.

It's＋形容詞＋of... 表示對某人的評價或是看法。例如 It's so kind of you. 就是表示某人心地很好。形容詞前面還可以加上諸如 so/ quite/ pretty 等字，表示程度。同時，形容詞也可以換成別的單字，比如：nice/ rude/ foolish；以下是其他的相關例句：

- **It's very kind of you to help me.** 你人真好，還來幫我。
- **It's very rude of her to say this.** 她說這樣的話真無禮。
- **It's foolish of him to leave alone.** 他一個人離開太傻了。
- **It's very nice of you to get me one ticket.**
  你人真是太好了，給了我一張票。

用字精準要到位

「票價多少？」要怎麼說呢？

ⓥ **How much does the ticket cost?**

ⓧ **How many does the ticket cost?**

為什麼呢？

雖然詢問價格看似是可數的，但是在英文中我們一般要用 how much 來詢問價錢，即：How much does sth. cost?，這樣講才對。

Unit 94 Getting on a Bus
搭公車

先從對話開始聽 Track 094

A: I want to go **uptown**. How long will it take to get there **by bus**?	我想去住宅區，請問坐公車大概要多久時間呢？
B: You will find a bus station two **block**s away. The buses there are heading uptown. Hmm, about two hours and a half.	隔兩條街口那裡有公車站，那裡的公車都是往住宅區方向的。嗯，大概要兩個半小時。
A: So **far away**.	好遠哦。
B: You can enjoy the **scenery** along the road. It is beautiful.	你可以欣賞一下沿途的風光，很漂亮。
A: That's nice. By the way, could you tell me how much the **bus fare** is?	這倒不錯。順便問一下，車資大概多少呢？
B: **I am not sure about that.** Probably 60 dollars.	這我不太清楚。大概要六十元吧。
A: I **got it.** Thank you!	我知道了。謝謝你！

再學習單字片語

- uptown *n.* 住宅區 → **補充** downtown 市區
- by bus *ph.* 搭公車
- block *n.* 街區
- far away *ph.* 遙遠的 → **補充** near 近的
- scenery *n.* 風景 → **近** view 景色
- bus fare *ph.* 公車車資
- get it *ph.* 理解；懂了

換句話說一次學

❶ **Where is the nearest bus stop?** 最近的公車站在哪裡？
❷ **Does this bus run every two hours?** 這輛公車每兩小時一班嗎？
❸ **How many stops are there until we get to Tainan?** 到臺南還有幾站呢？
❹ **I missed my stop!** 我坐過站了！

關鍵文法不能忘

I＋be動詞	+	sure＋介系詞片語
I am/ am not		sure about that.

I am not sure about... 是對某事不很確定的意思。也有另一種說法是，在 I am not sure 後面加上 of 來表達。除了前面的說法外，我們還可以在 I am not sure 後面接續 that 子句，that 可以省略。三者意思一樣，最後一種用法比較常用；以下是其他的相關例句：

- **I am sure that he is a reliable person.** 我確信他是個可靠的人。
- **I am sure that our price is the most favorable.**
  我敢肯定我們的價格是最優惠的。
- **I am sure you can do better than that.** 我相信你可以做得更好。
- **I am not sure I am able to make it.** 我恐怕沒辦法做到這一點。
- **I am sure of a heavy rain this morning.**
  我確信今天早上會有一場大雨。

用字精準要到位

「搭公車到那裡要多久？」要怎麼說呢？

(√) **How long will it take to get there by bus?**
(×) **How long will it spend to get there by bus?**

為什麼呢？

take (sb.) some time to do sth. 和 spend some time in doing sth. 都可以表示「花時間做某事」，但是 take 前面的主詞要用虛主詞 it 而 spend 則要用 sb.，而且兩者後面動詞接續的方法也是不一樣的，因此，這裡要用有 take 的那個句型才對。

Unit 95 Taking a Taxi
搭計程車

先從對話開始聽 Track 095

A: How much is the **fare** to the airport?	到機場的車費要多少？
B: Sixty dollars.	六十元。
A: Sixty dollars! I heard that I only need to **spend** 40 dollars getting there. 60 dollars is too much. Can it be a little **cheap**er?	六十元！我聽說這段路只要四十元。六十元太貴了，不能算便宜一點嗎？
B: All right. Then it will be 40 dollars.	好吧，那就四十元。
A: I have two pieces of luggage with me. Can you help me put it in the **trunk**?	我有兩件行李，可以請你幫我放到後車箱嗎？
B: Yes, but I need a 5 dollar **extra charge**.	可以，但是要額外收五元。
A: No problem. It's a **deal**!	沒問題，成交！

再學習單字片語

- fare n. （運）費用
- spend v. 花費
- cheap adj. 便宜的 → 補充 expensive 昂貴的
- trunk n. 後車廂
- extra charge ph. 額外收費 → 補充 tip 小費
- deal n. 交易

換句話說一次學

❶ **Could you tell me where the taxi stand is?** 請問計程車招呼站在哪裡？
❷ **I need to hail a cab.** 我想叫一台計程車。

❸ **Can we squeeze in five people?** 我們有五個人，擠得下嗎？

❹ **Your price is too high.** 你的價錢太貴了。

❺ **Can you get there in fifteen minutes? I'm in a rush.**
你能在十五分鐘內趕到嗎？我趕時間。

關鍵文法不能忘

主詞＋have＋物品	+	with＋受詞
I have two pieces of luggage		with me.

sb. has/ have sth. with sb. 某人隨身帶著某物。我們也可以用別的動詞替代 have，比如：bring/ take，那就變成 I bring two pieces of luggage with me./ I take two pieces of luggage with me.。不同的是 bring 是帶來的意思，而 take 是拿去、帶去的意思；以下是其他的相關例句：

- **That's all I have with me.** 這就是我全部的東西了。
- **My mother took a purse with her.** 我媽媽隨身帶了皮包。
- **He brought a lot of gifts to those homeless kids.**
  他給那些無家可歸的孩子帶來了很多禮物。
- **Don't worry. I have two bottles of water with me.**
  別擔心，我隨身帶了兩瓶水。
- **I see he has a tote bag with him.**
  我看見他隨身帶了一個托特包。

用字精準要到位

「六十元太貴了。」要怎麼說呢？

ⓥ **60 dollars is too much.**

ⓧ **60 dollars are too many.**

為什麼呢？

表示時間、距離、價值等名詞的複數形式作主詞時，我們通常將其視為整體，謂語多用單數。因此，這裡應該用 is 而不是 are，同時後面應該接續 too much 而不是 too many。

Unit 96 Renting a Car
租車

先從**對話**開始聽 Track 096

A: Good morning, madam. What can I do for you?	早安，女士。有什麼可以效勞的嗎？
B: I want to rent a **SUV**.	我想要租一輛休旅車。
A: Glad to be **at your service**. What is your **price range**?	很高興為您服務。預計的價位大概是多少？
B: A **moderate** one is OK. What is the **rental fee**? **Is there any discount if I rent it for three days?**	中等價位就好了。那麼租金怎麼算？租三天有什麼折扣嗎？
A: You are not a member of our company, so there will be no discounts. The rate will be 180 dollars for three days in total.	因為您不是會員，所以沒有折扣。三天的話總共是180元。
B: OK, I will get the car around 8 o'clock next Monday.	好吧！那我下週一大約八點鐘來取車。
A: Sure! Please fill in this form.	好的！那麻煩您填寫這張表格。

再學習**單字片語**

- SUV *n.* 休旅車
- at your service *ph.* 為您服務
- price range *ph.* 價位
- moderate *adj.* 中等的
→ **補充** high/ low 高的／低的
- rental fee *ph.* 租金 → **近** rent 租金
- discount *n.* 優惠

換句話說一次學

❶ **Is gas included in the rental fee?** 請問租車費用包含汽油嗎？
❷ **Could I return the car at the other branch?** 我可以在別間分店還車嗎？

❸ **Do I need to fill up the tank when I return the car?**
還車時需要把油箱加滿嗎？

❹ **Can you give me a price list?** 能給我一張價目表嗎？

❺ **What should I do when I encounter an emergency?**
發生緊急狀況時我該怎麼辦？

❻ **My car doesn't work.** 我的車子壞掉了。

關鍵文法不能忘

主句	+	if＋從屬子句
Is there any discount		**if I rent it for three days?**

主句＋if＋從屬子句這一句型是 if 引導的條件子句。表示假設條件下的情況，如果後面的某些狀況發生了，則前面的事情會跟著發生變化。意思是「如果……，會……」。在這個句型中，我們還可以把 if 引導的句子提前，放於句首；以下則是其他的相關例句：

- **If something's bothering you, just speak out.**
  假如你有什麼不開心的事，把它說出來吧。
- **What will you do if you fail this time?** 如果這次失敗了你會怎麼辦？
- **We will trust you if what he said is true.**
  如果他說的是真的，我們就相信你。
- **I will meet you if I join this club.**
  如果我參加這個俱樂部的話，我就能遇到你。

用字精準要到位

「因為你不是會員，所以沒有折扣。」要怎麼說呢？

Ⓥ **You are not a member of our company, so there will be no discounts.**

ⓧ **Because you are not a member of our company, so there will be no discounts.**

為什麼呢？

雖然在中文裡的因為和所以可以同時出現在一個句子裡，但是英文中 because 和 so 是不能連用的，而且這裡在意思上也比較強調結果，因此，要去掉 because。

Unit 97 Having Coffee
咖啡廳喝咖啡

先從對話開始聽 Track 097

A: What would you like, Miss?	小姐，請問您想要點什麼？
B: I want a cup of **Americano**.	我想要一杯美式咖啡。
A: Do you want it **iced or hot?**	請問要冰的還是熱的？
B: Iced.	冰的。
A: OK, and would you like some **bake**d bread? It tastes very good.	好的，那要不要來一個我們的烤麵包呢？很好吃喔！
B: Well, OK. I am **a bit hungry**.	也好，肚子有點餓了。
A: OK, thank you! It's 9 dollars. Please **wait for** a moment. It will be served **right away**.	好，謝謝！一共是九元，請稍等，馬上就好。
B: Here is 10 dollars, and keep the change.	這是十元，不用找了。

再學習單字片語

- Americano n. 美式咖啡 → 補充 latte 拿鐵
- iced adj. 冰的
- bake v. 烘烤
- right away ph. 馬上 → 近 in a minute 馬上就來
- a bit ph. 有點
- hungry adj. 飢餓的 → 補充 full 飽的
- wait for ph. 等待

換句話說一次學

❶ **An espresso, please.** 請給我一杯義式濃縮咖啡。
❷ **Can I get a refill?** 請問可以續杯嗎？

❸ **One more cup, please.** 請再給我一杯。

❹ **I like coffee with lots of foamed milk.** 我喜歡有很多奶泡的咖啡。

❺ **The coffee is too strong!** 這咖啡太濃了！

❻ **Please change another one for me.** 請換一杯給我。

關鍵文法不能忘

句子／形容詞＋or	+	句子／形容詞
Iced or		hot?

選擇性疑問句是日常生活中經常使用到的句型。如 Which do you like, pineapple or papaya?（鳳梨和木瓜你喜歡哪個？）或者 Do you want to go home or stay on the campus?（你想回家還是待在校園裡？）以下是其他的相關例句：

- **Football or basketball?** 踢足球還是打籃球？
- **Which color do you like the best, black or white?**
  你最喜歡哪種顏色，黑色或白色？
- **Baked or steamed?** 烤的還是蒸的？
- **Do you want a boy or a girl?** 你將來想要生男孩還是女孩？
- **To go or not to go, that's a question!**
  去還是不去，還真是個問題！

用字精準要到位

「非常美味。」要怎麼說呢？

Ⓥ **It tastes very good.**

Ⓧ **It is tasted very good.**

為什麼呢？

此時 taste 是一個連繫動詞，其後可以接續形容詞，說明主詞所處的狀態。它無被動形式，需要用主動語態來表示被動意義。因此，這裡要用 tastes，而不能使用其被動形式。

Unit 98 Entering a Bar

進入酒吧

先從對話開始聽 Track 098

A: Please **show** me your ID. **You have to be over 20 to enter.**	請給我看你的證件。你需要二十歲才能進入。
B: But I am over 20! Alright. Here you are.	但我滿二十歲了！好吧。證件在這裡。
A: Sorry, it's a new **rule**.	真是抱歉，這是新規定。
B: May I ask why?	可以請問是為什麼嗎？
A: There were **incident**s of **illegal drug use** in the past few months.	過去幾個月來有違法吸毒案件。
B: Really? Then I see why. Can I go in now?	真的嗎？那我明白了。現在可以進去了嗎？
A: Sure. Have a great time. It's **happy hour** now!	可以。好好玩。現在是優惠時段！

再學習單字片語

- show *v.* 出示
- rule *n.* 規定 → 近 regulation 規定
- incident *n.* 事件 → 近 event 事件
- illegal *adj.* 違法的 → 補充 legal 合法的
- drug use *ph.* 吸毒
- happy hour *ph.* 促銷等優惠時間

換句話說一次學

❶ **I want a whisky on the rocks, please.** 請給我一杯威士忌加冰塊。

❷ **Can you recommend me a cocktail with a lemon flavor?**
可以推薦我一杯有檸檬風味的雞尾酒嗎？

❸ **I want a special brewed beer.** 我想要一杯特釀啤酒。
❹ **I want a beer and some fries.** 給我一杯啤酒和炸薯條。
❺ **What kind of wine do you have?** 你們有哪些種類的葡萄酒？
❻ **Do you have any local red wine?** 有本地的紅酒嗎?

關鍵文法不能忘

主詞＋have to	+	原形動詞＋其他補語
You have to		be over 20 to enter.

表示客觀上必須、不得不做某事可以用 have to do something。如 You have to do it well without being asked.（即使不被要求你也要把它做好。）must 也表示必須，但它主要是表示主觀上的「必須」，不同於 have to 是客觀上的「不得不」；以下是其他的相關例句：

- **You have to finish the presentation right now!**
  你現在就要完成簡報！
- **You have to get the license first.** 你必須先取得執照。
- **I must get back home before 9 p.m.** 我必須晚上九點前回到家。
- **We have to take this difficult task and complete it.**
  我們必須接受這項艱難的任務並完成它。
- **He must get to the airport to meet his girlfriend.**
  他必須趕到機場去見他的女朋友。

用字精準要到位

「但我滿二十歲了！」要怎麼說呢？

✓ **But I am over 20!**
✗ **But I am 20 more!**

為什麼呢？

20 more 是對「超過二十歲、二十多歲」這個意思的字面翻譯，是不正確的使用方法。對於這個意思的表達說法應該是 more than 20 years old 或者是 over 20 years old，兩者意思相同。

Unit 99 Ordering Fast Food

在速食店點餐

先從對話開始聽 Track 099

A: Welcome, lady. Would you like a **special combo**?	歡迎光臨，小姐您好，要不要來份超值全餐呢？
B: Yes, I want two combos, **for here**. It has a double cheeseburger, right?	好，我要兩份組合餐，內用。它裡面有雙層起司漢堡，對嗎？
A: Yes. And **how about an apple pie or some sundae?**	是的，那要不要來份蘋果派或是聖代呢？
B: Yes! I want two **chocolate** sundaes.	好啊！我要兩份巧克力聖代。
A: What **drink**s do you want?	您要什麼飲料呢？
B: Two Cokes, please, and give me three **ketchup packets**.	請給我兩杯可樂，以及三包番茄醬。
A: **No problem**! Enjoy your **meal**!	沒問題，祝您用餐愉快。

再學習單字片語

- special *adj.* 特別的
- combo(=combination) *n.* 套餐
- for here *ph.* 內用 → **補充** to go 外帶
- sundae *n.* 聖代
- chocolate *n.* 巧克力
- drink *n.* 飲料
- ketchup packet *ph.* 番茄醬包
- no problem *ph.* 沒問題
- meal *n.* 餐點

換句話說一次學

❶ **Would you like anything else?** 還需要其他餐點嗎？

❷ **I would love a large order of fries.** 我要大薯。

❸ **That will be all.** 就這樣。

❹ **I want a double cheeseburger. Hold the onions.**
我要單點一份雙層吉士漢堡，不要加洋蔥。

❺ **Small, medium, or large?** 小杯、中杯，還是大杯？

關鍵文法不能忘

How about	+	名詞／V-ing
How about		an apple pie or some sundae?

表達建議可以說 How about...，如 How about going out for a movie tomorrow?（明天出去看電影怎麼樣？）相同的說法有 What about...，如 What about having dinner at home tonight?（今晚在家裡吃晚餐怎麼樣？）要注意的是，如果 How about 後面接的是動詞，那麼動詞要加 ing，或者可以直接加名詞或名詞子句。What about... 還可以表示「認為如何」。如 I think it's a wonderful plan. What about you?（我認為這是個絕佳的計畫，你認為如何？）以下是其他的相關例句：

- **How about Alice? We can't leave her here alone.**
  愛麗絲怎麼辦？我們不能把她一個人留在這裡。
- **How about buying a new jacket to go with the skirt?**
  買件新夾克搭裙子怎麼樣？
- **How about going on vacation?** 去渡個假如何？
- **What about making a facial mask on our own?**
  我們自己做個面膜怎麼樣？
- **How about going to a show this weekend?**
  這週末去看表演怎麼樣？

用字精準要到位

「請給我三包番茄醬。」要怎麼說呢？

√ **Please give me three ketchup packets.**

× **Please give to me three ketchup packets.**

為什麼呢？

「把某物給某人」這個意思可以有兩種表達方法，即 give sb. sth. 或是 give sth. to sb.，這兩種方法都可以，但是 give to sb. sth. 這種用法則是錯誤的，因此，第二個句子是不正確的。

Unit 100 Buying Concert Tickets
買演唱會門票

先從對話開始聽 Track 100

A: I want two tickets of the **concert** the day after tomorrow.	我要買兩張後天演唱會的票。
B: OK. **Which section do you want?**	好。請問你要買哪一區的票呢？
A: What choices do I have?	有什麼選擇？
B: There are three different prices.	這裡有三種票價。
A: I want a 50-dollar **ticket**.	我要五十元的。
B: OK, you can **choose** where you want to **be seated** in the red area on the **computer screen**.	好，您可以在電腦螢幕上的紅色區域選擇您要的座位。
A: I want seats 24E and 26E.	我要 24E 和 26E 的座位。
B: OK, no problem. Here is your ticket. Thank you.	沒問題，這是您的票。謝謝！

再學習單字片語

- concert *n.* 演唱會
- ticket *n.* 票
- choose *v.* 選擇 → 近 select 選擇
- be seated *ph.* 就座
- computer screen *ph.* 電腦螢幕

換句話說一次學

❶ **Excuse me. What kind of exhibitions do you have for today?**
不好意思，請問今天有什麼展覽？

❷ **How long will this performance last?** 這個表演到什麼時候？
❸ **Are there any oil painting exhibitions recently?** 請問近期有油畫展嗎？
❹ **Do I need to buy a ticket to get in?** 需要購票入場嗎？
❺ **Could I buy any souvenirs from this exhibition?**
我可以買到這次展覽的相關紀念品嗎？
❻ **Do you sell the exhibited works?** 你們有賣展覽品嗎？

關鍵文法不能忘

Which＋名詞	+	謂語動詞
Which section		do you want?

一般表達選擇的疑問句經常會用到 which 引導的句子，如上述會話中 Which section do you want?（你要哪個價位的票呢？）再如 Which season do you like better, spring or winter?（春天和冬天你比較喜歡哪個季節？）以下是其他的相關例句：

- **Which kind of art do you like the most?** 你最喜歡哪種藝術形式？
- **Which movie are you going to see?** 你要看哪部電影？
- **Which country do you come from?** 你來自哪個國家？
- **Which company do you work for?** 你在哪家公司工作？
- **Which neighborhood do you live in?** 你住在哪個區？

用字精準要到位

「**你可以選擇你想要坐在哪裡。**」要怎麼說呢？

✓ **You can choose where you want to be seated.**

✗ **You can choose where you want to seat.**

為什麼呢？

be seated 在這裡表達的意思是「坐、就座」，搭配用法雖然為被動，但實際上就是中文的「入座」之意。

Unit 101 Hot Spring
泡溫泉

先從**對話**開始聽

A: Excuse me. Do you offer an **indoor** or **outdoor hot spring**?	不好意思，請問這裡的溫泉是室內的還是露天的？
B: We have both. The indoor spring **is connect**ed **to** the outdoor spring.	我們兩種都有，而且室內溫泉可以連接到室外的露天溫泉。
A: What kind of hot springs do you have?	那溫泉的種類有哪幾種呢？
B: We have the **ordinary** kind, and **the milk bath that can beautify your skin.**	我們有普通溫泉，還有可以養顏美容的牛奶溫泉喔！
A: **Sounds good**! I'll try it!	聽起來不錯，我想要試試看！
B: OK. Here is your **towel**.	好的，您的毛巾在這裡。
A: Thank you. And which way should I go?	謝謝。那我該往哪邊走？
B: This way, please.	請往這邊。

再學習**單字片語**

- indoor *adj.* 室內的
- outdoor *adj.* 室外的
- hot spring *ph.* 溫泉
- be connected to *ph.* 連接 → 近 adjoin 毗鄰著
- ordinary *adj.* 正常的；普通的
- milk bath *ph.* 牛奶浴
- beautify *v.* 美化
- Sounds good! 聽起來很棒！
- towel *n.* 毛巾

換句話說一次學

❶ **Is there a spring that is for individuals only?**
請問有沒有只供個人使用的溫泉？

❷ **I want to drink sake when I am in the hot spring.** 泡溫泉時我想來杯清酒。

❸ **What kind of facilities does your spa have?** 請問你們的SPA有什麼設備？
❹ **What kind of treatments do you have?** 請問有什麼樣的療程？
❺ **I want to get a pedicure.** 我想做足部保養。

關鍵文法不能忘

先行詞	+	關係代名詞＋修飾語
the milk bath		**that can beautify your skin.**

修飾子句也是經常使用到的複雜句型。如上述會話中的 We have the ordinary kind, and the milk bath that can beautify your skin.（我們有普通溫泉，也有能養顏美容的牛奶溫泉。）其中 that can beautify your skin 是先行詞 the milk bath 的修飾語，意為能夠美容養顏的牛奶浴；以下是其他的相關例句：

- **I want to buy a dress that has floral patterns.**
  我想買條有花卉圖樣的裙子。
- **Do you want some cookies that have chocolates and chestnuts?** 你想來點有巧克力和栗子的餅乾嗎？
- **I like movies that have open endings.** 我喜歡開放式結局的電影。
- **Why not go to a place where you can breathe some fresh air?** 為什麼不去一個能呼吸新鮮空氣的地方？
- **I am going to a company that is promising and gives young people opportunities.** 我要去一個有前景且給年輕人機會的公司。

用字精準要到位

「聽起來很棒！」要怎麼說呢？

✓ **Sounds good!**
✗ **Sounds well!**

為什麼呢？

sound 在這裡作連繫動詞，意為「聽起來，聽上去……」，常接形容詞，其後不接副詞。因此，該句子應該用 sound good 而不是 sound well 來表示談及的事物聽起來很好或是不錯。

Unit 102 Outdoor Activities 戶外運動

先從對話開始聽 Track 102

A: Excuse me. May I ask you something?	打擾了，請問可以問您點事情嗎？
B: Go ahead.	當然。
A: Are there any entertainment facilities around here?	這附近有什麼娛樂設施嗎？
B: The **beach** is about 20 minutes from here. You can do some water **sport** there.	離這裡約二十分鐘路程的地方就是海邊，妳可以到那裡做一些水上活動。
A: Could I **rent** the equipment?	有設備可以租借嗎？
B: Yes, there are jet skis, surfboards and **swimming equipment.**	有啊！有水上摩托車、衝浪板以及泳具。
A: Is there any **instructor** to help me out?	請問那裡會有專人指導嗎？
B: I think so. You can go to the information center first.	我想應該有吧！妳可以先去服務台。
A: Thanks a lot.	謝謝你。

再學習單字片語

- entertainment *n.* 娛樂
- facility *n.* 設施
- beach *n.* 海邊
- sport *n.* 運動
- rent *v.* 租用
- swimming equipment *ph.* 泳具
- instructor *n.* 指導員 → 近 guide 指導員

換句話說一次學

❶ **Is there any basketball court around here?** 這附近有籃球場嗎？

❷ **Could I sit in on the instruction course tomorrow?**
我可以試聽明天的訓練課程嗎？

❸ **Where can I rent the equipment?** 哪裡可以租到設備呢？

❹ **How much will it cost to hire a coach?** 請一位指導老師的費用是多少呢？

❺ **Are there any courses for beginners?** 有沒有適合初學者的課程？

❻ **Is there any place nearby that I can go for a ride?**
這附近有什麼兜風的好去處嗎？

關鍵文法不能忘

There be 句型	+	名詞＋其他
Are there		any entertainment facilities around here?

There be 句型在生活中經常用到，There be 意為「有」，如上述會話中的 Are there any entertainment facilities around here?（這附近有什麼娛樂設施嗎？）又如 There are four people in my family.（我家有四個人。）以下是其他的相關例句：

- **There are three drawing books on the desk.** 桌上有三本繪圖書。
- **There are a lot of stores in this community.** 這個社區有好多店家。
- **There will be more people to come.** 還有很多人要來。

用字精準要到位

「有指導員可以幫我嗎？」要怎麼說呢？

ⓥ **Is there any instructor to help me out?**

ⓧ **Is there any instructor to help out me?**

為什麼呢？

動詞＋副詞結構的動詞片語，要注意其賓語的位置：人稱代詞賓語（賓格）只能放在片語中間。因此，在這裡 me 只能放在 help 和 out 之間。

Unit 103 Taking Pictures
拍照紀念

先從對話開始聽 Track 103

A: Excuse me. **Could you take a picture of us?**	打擾一下，可以幫我們拍張照嗎？
B: Sure! Where do you want to **pose** for the picture?	沒問題！你們想在哪裡拍照呢？
A: We want the **sunset** in the background. Thank you!	我們想以夕陽為背景，謝謝！
B: Wow, the view is truly great.	哇，這個景色真的不錯。
A: So it is.	的確是。
B: Do you want the picture to be **horizontal** or **vertical**?	要拍橫的還是直的？
A: It doesn't matter, as long as you get us and the view in!	都可以，人和背景有在畫面裡就好了。
B: All right. I am ready to **take the picture**!	好的。我要拍囉！

再學習單字片語

- picture *n.* 照片
- sunset *n.* 日落 → 補充 sunrise 日出
- pose *v.* 擺姿勢
- horizontal *adj.* 水平的
- vertical *adj.* 垂直的 → 補充 diagonal 對角線的
- take the picture *ph.* 拍照

換句話說一次學

❶ **Could you take a picture of Wayne and I, please?**
請你替我和韋恩照相好嗎？

❷ **Is it prohibited to take pictures here?** 這裡禁止拍照嗎？
❸ **I want to get this film developed.** 我想洗這卷底片。
❹ **This filter is great on this photo.** 這張照片用這個濾鏡很讚。
❺ **I think you need to adjust the exposure setting of the camera.**
我想你要調整一下相機的曝光設定。

關鍵文法不能忘

助動詞＋名詞	+	其他
Could you		**take a picture of us?**

要委婉表達請求就一定少不了類似 Could you... 的句子；以下是其他的相關例句：

- **Could you come here later?** 你能晚點再來嗎？
- **Could you speak faster?** 你能講快一點嗎？
- **Could you make an exception?** 您就不能例外一次嗎？
- **It doesn't matter to me which side wins.**
  誰贏對我來說都無關緊要。

用字精準要到位

「**的確是。**」要怎麼說呢？

Ⓥ **So it is.**
ⓧ **So is it.**

為什麼呢？

兩者看似差別不大，但是意思上卻存在較大差別。So is it. 的意思是「它也是如此」，屬於倒裝，指的是不同事物，而 So it is. 則意為「的確如此」，表示贊同，指的是同一事物。

Unit 104 Going to the Mall
逛購物中心

先從對話開始聽 Track 104

A: Welcome! May I help you?	歡迎光臨，請問能為您效勞嗎？
B: I want to buy a tie as a **present**. Do you have any **recommendation**?	我想要買一條領帶當禮物送人，你可以替我介紹嗎？
A: Yes. Do you want something **young** or something **mature**?	好的，沒問題。請問您喜歡看起來年輕有朝氣還是成熟穩重的呢？
B: I would like something mature.	我喜歡看起來成熟穩重的。
A: **Why not take a look at this newest style** specifically made for **successful** people? They look **exquisite** and classic.	要不看看這個新款式，專門設計給成功人士用的，看起來十分精緻又有品味。
B: Looks great. I'll take it.	看起來不錯。我就買這條。

再學習單字片語

- present n. 禮物 → 近 gift 禮物
- recommendation n. 推薦
- young adj. 年輕的
- mature adj. 成熟的 → 補充 sophisticated 世故的
- take a look ph. 看一眼
- style n. 風格；款式
- successful adj. 成功的
- exquisite adj. 精美的；精緻的

換句話說一次學

❶ **I am just looking/ browsing.** 我只是隨便看看。
❷ **Any other color?** 還有別的顏色嗎？

❸ **Do you have this dress in a larger size?** 這件裙子有大一點的尺寸嗎？
❹ **Where is the fitting room?** 更衣室在哪裡？
❺ **What time do you close?** 你們幾點打烊？

關鍵文法不能忘

Why not	+	動詞原型＋其他補語
Why not		take a look at this newest style?

表達建議還可以用「Why not...」句型，意為「為什麼不呢？」、「……怎麼樣？」，或是像 Why not try a brighter color?（為什麼不試試亮一點的顏色呢？）；以下是其他的相關例句：

- **Why not have a break?** 為什麼不休息一下呢？
- **Why not ask him to apologize immediately?**
  為什麼不叫他馬上道歉？
- **Why don't we choose an easy question?**
  我們為什麼不選個簡單的問題呢？
- **Why don't you read a book instead?** 為什麼不乾脆看本書呢？

用字精準要到位

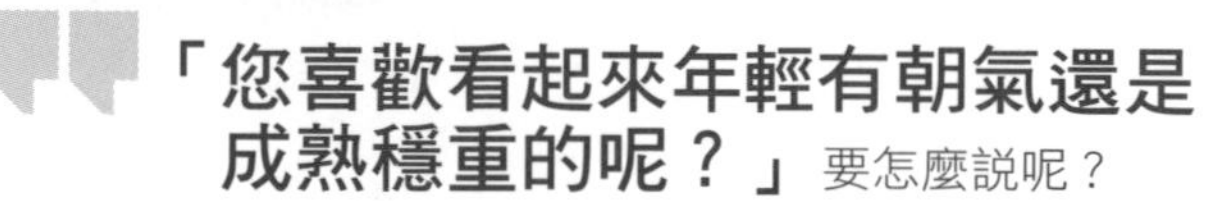

「您喜歡看起來年輕有朝氣還是成熟穩重的呢？」要怎麼說呢？

(√) **Do you want something young or something mature?**
(×) **Do you want something young and something mature?**

為什麼呢？

and 與 or 都是連詞，這兩個詞的區別在於：and 表示的是並列關係，而 or 則表示選擇關係。根據會話上下情境判斷其為讓對方做出選擇的提問，而且 young 和 mature 就表明是兩種風格很不同的事物，因此，這裡要用 or。

Unit 105 Dining in a Restaurant
到餐廳用餐

先從**對話**開始聽 Track 105

A: Susan, do you like Sushi and Sashimi?	蘇珊，你喜歡吃壽司和生魚片嗎？
B: I've **heard of** Sushi and Sashimi since **a long time ago**. But I've never tried one.	我很久之前就聽說過壽司和生魚片了。但是從沒有吃過。
A: Yesterday, people told me their **fishing industry** is prosperous. **That might be why Japanese people eat and cook Sushi and Sashimi.**	昨天人們告訴我他們的漁業很發達。我想他們料理並享用壽司和生魚片，大概就是這個原因吧！
B: Sounds reasonable!	有道理！
A: Come on. Try it!	來嘛！試試看！
B: Mmm... it's very delicious. It **deserves its reputation**.	嗯……味道真不錯。果然名不虛傳啊！

再學習**單字片語**

- hear of *ph.* 聽說
- a long time ago *ph.* 很久前
- yesterday *n.* 昨天 → **補充** tomorrow 明天
- fishing industry *n.* 漁業 → **補充** agriculture 農業
- deserve one's reputation *ph.* 名不虛傳

換句話說一次學

❶ **Have you eaten the pizza here?** 你吃過這裡的披薩嗎？

❷ **This dish is very delicious!** 這道菜很美味。
❸ **What is today's special?** 今天的特餐是什麼啊？
❹ **Can I try the food on the table?** 我能嚐嚐桌子上的食物嗎？
❺ **Do you need me to serve the wine now?** 需要我現在替您倒酒嗎？

關鍵文法不能忘

That's why	+	句子
That's why		Japanese people eat and cook...

That's why＋主詞＋動詞＋受詞，這個句型的意思是「這就是為什麼……」，或者是「這就是……的原因」。用來解釋一種現象或事件；以下是其他的相關例句：

- **That's why he never married.** 這就是為什麼他不結婚。
- **That's why we came and consulted you.**
  因此，我們才來徵求你的意見。
- **That's why they decided to revise the plan.**
  這就是他們決定要修改計畫的原因。
- **That's why I'd like to make a copy of it.**
  這就是為什麼我想複製一份的原因。

用字精準要到位

「你喜歡吃壽司和生魚片嗎？」要怎麼說呢？

(√) **Do you like eating Sushi and Sashimi?**
(×) **Do you like eat Sushi and Sashimi?**

為什麼呢？

like 的用法是 like to do 或者 like doing，並沒有 like 直接加原形動詞的用法。like to do 或者 like doing 的區別是：like to do 一般表示的是偶爾一次的動作；而 like doing 一般表示愛好。

Unit 106 Buying Electronic Products 買電子產品

先從對話開始聽 Track 106

A: Excuse me, how much is it?	抱歉，請問這個多少錢？
B: It's 600 dollars. This is the **latest model**. It's very popular among white **collar**s.	六百美元。這是最新的機種，很受白領階層的歡迎。
A: **That's too expensive!** Can you show me something cheaper?	太貴了！你能幫我介紹便宜一點的嗎？
B: What about this one? It's a classic of Panasonic **electronic product**s.	這款呢？它是松下電子產品中的經典。
A: How much is it?	那這個多少錢呢？
B: 380 dollars.	三百八十美元。
A: Oh, it's reasonable. I'll take it.	噢，這個價格挺合理。我就買它了。

再學習單字片語

- latest *adj.* 最新的 → 近 newest 最新的
- model *n.* 款式
- collar *n.* 領子
- expensive *adj.* 昂貴的
- electronic product *ph.* 電子產品
→ 近 electronic appliance 電子產品

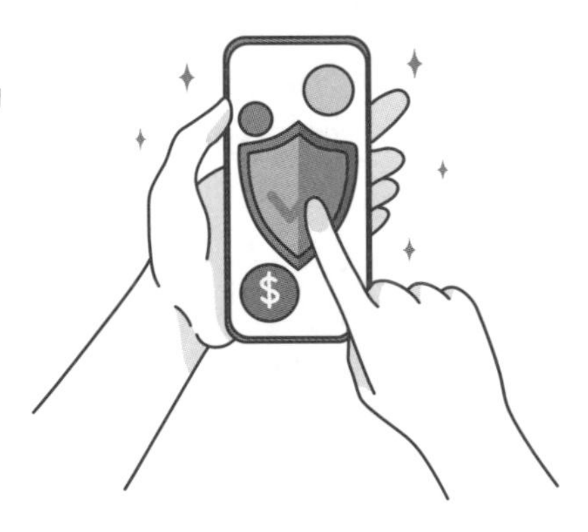

換句話說一次學

❶ **This store has a wide range of merchandise.** 這個商店的商品種類繁多。
❷ **It's the symbol of our nation.** 它是我們國家的象徵。
❸ **Can you give me a discount?** 你能替我打個折嗎？
❹ **Would you like to go shopping with me today?**
今天要跟我一起去逛街嗎？
❺ **How about this model?** 這個款式怎麼樣啊？

關鍵文法不能忘

That's too	+	形容詞
That's too		expensive!

That's too...! 這個句型的意思是「太……了！」，話語中含有驚訝的意味。比如會話中的句子：「That's too expensive!」，就是「這也太貴了吧！」以下是其他的相關例句：

- **That's too late!** 那就太遲了！
- **That's too dear!** 這太貴了！
- **That's too bad!** 這太遺憾了！
- **That's too big!** 這太大了！
- **That's too far.** 那太遠了！

用字精準要到位

「這是最新款式。」要怎麼説呢？

✓ **This is the latest model.**
✗ **This is the late model.**

為什麼呢？

late 為形容詞「晚的、遲到的」之意；latest 作形容詞意為「最新的、最近的」，相當於 newest。兩者意義不同，注意區分。

Unit 107 Going to the Supermarket

逛超市

先從對話開始聽 Track 107

A: Do you have **anything on sale?**	請問你們最近有什麼促銷活動嗎？
B: Yes, all the **dairy** goods, **vegetable**s and fruits are on sale every Friday.	有的，每個星期五是所有的乳製品和蔬果類的拍賣。
A: I **mean**t a big sale, when everything in the **store** is on sale.	我指的是那種全店所有商品的大型拍賣。
B: Oh! We have that twice a year, during **Easter** and Christmas.	喔，一年會有兩次，分別在復活節和聖誕節期間。
A: **What a pity!** But that's OK. Thank you.	真不巧！不過沒關係，謝謝。
B: Today is Friday. You can look around to see if you need anything.	今天就是週五了，你可以看看是否有什麼需要的。
A: No, thanks.	不必了，謝謝。
B: No problem. Thanks for coming.	不客氣，謝謝您的光臨。

再學習單字片語

- on sale *ph.* 特賣中；促銷中
- dairy *n.* 乳製品
- vegetable *n.* 蔬菜
- mean *v.* 意指
- store *n.* 商店
- Easter *n.* 復活節
- What a pity! 真不巧！ → 近 What a shame! 好可惜！

換句話說一次學

❶ **Do I have to buy a dozen at a time?** 請問一次就要買一打嗎？
❷ **Is this product on sale now?** 請問這個產品現在有在特價嗎？

❸ **Are the products on the fliers still on sale?**
請問宣傳單上面的特賣商品還有折扣嗎？

❹ **Could you tell me where I can find toothpaste?** 請問哪裡可以找到牙膏？

❺ **Are you open on holidays?** 請問假日有營業嗎？

關鍵文法不能忘

不定代名詞 Anything	+	介系詞片語／形容詞 on sale?

不定代名詞是不特定代替任何名詞或形容詞的代名詞，英語中的不定代名詞有：something、nothing、anything、everything、somebody、everyone、all等，不定代名詞可以當主詞，如Is everybody here?（大家都到了嗎？），也可以當賓語，如That's nothing!（那沒什麼！）要注意的是，如果用形容詞或介系詞片語修飾，那麼應該置於不定代名詞之後，如something beautiful（漂亮的東西）、nothing to eat（沒有吃的東西）；以下是其他的相關例句：

- **Nothing special happened yesterday.**
  昨天沒有發生什麼特別的事情。
- **I want something to drink.** 我要喝點東西。
- **He lost everything in the end!** 他最後一無所有了！
- **Any questions to ask?** 還有任何問題嗎？

用字精準要到位

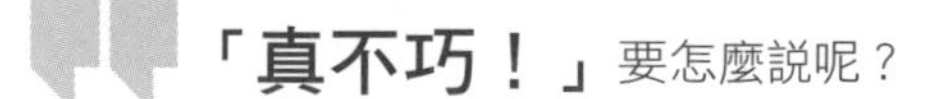
「真不巧！」要怎麼說呢？

✓ **What a pity!**

✗ **How a pity!**

為什麼呢？

感嘆句一般有兩種表示方法，通常由 how 或是 what 來引導，但是兩者用法不同：what 修飾名詞，how 則修飾形容詞、副詞等。因此，這裡要用 what 接冠詞再接可數名詞。

Unit 108 Flea Market
跳蚤市場

先從對話開始聽 Track 108

A: How much is this record player?	請問這台黑膠唱機多少錢？
B: Oh, this is very **rare**. It is 1000 dollars.	喔，這個很稀有，一台要一千元。
A: That's way too **expensive**! Does it still work?	這麼貴！它還能用嗎？
B: **Of course**.	當然可以。
A: Is it possible for you to **lower** the price?	能不能把價格降低一點？
B: OK. How much do you have in mind?	好。那你說多少錢願意買吧？
A: 500 dollars, then I will buy it right away.	五百元吧，可以的話我馬上就買。
B: **What about** 600 dollars?	六百元怎麼樣？
A: Let me **think about** it... OK, deal.	我考慮一下……好，成交。

再學習單字片語

- record *n.* 唱片 → 補充 vinyl 黑膠
- rare *adj.* 稀少的 → 近 one of a kind 萬中無一的
- expensive *adj.* 昂貴的
- of course *ph.* 當然
- lower *v.* 降低；減少
- what about *ph.* ……怎麼樣
- think about *ph.* 考慮

換句話說一次學

❶ **How much are they if I buy all of them?** 如果我全買多少錢？
❷ **It's overpriced!** 你賣太貴了！

❸ **Could I change my watch with that vase of yours?**
我可以用我的手錶跟你換那個花瓶嗎？

❹ **Could I exchange goods with you?** 這裡可以「以物易物」嗎？

❺ **Is this flea market here everyday?** 請問這個跳蚤市場每天都有嗎？

❻ **What are your business hours?** 營業時間從幾點到幾點呢？

❼ **Do you have any handicrafts?** 你有賣手工藝品嗎？

關鍵文法不能忘

How much＋be動詞	+	名詞
How much is		this record player?

問價格一定少不了這個句型：How much is this old record player?（這個老式黑膠唱機多少錢？）How much 意為多少錢，如 How much are these books?（這些書多少錢？）。問多少的時候還可以說 how many，如 How many bags do you have?（你一共有多少件行李？）；以下是其他的相關例句：

- **How much altogether?** 一共多少元？
- **How much are these vegetables?** 這些菜多少錢？
- **How much is it?** 這個多少錢？
- **How many people are there in the house?** 房子裡一共有多少人？

用字精準要到位

「能不能把價格降低些？」要怎麼說呢？

✓ **Is it possible for you to lower the price?**

✗ **Is it possible for you lower the price?**

為什麼呢？

It is possible for sb. to do sth. 這個句型的意思是「某人是否有可能做……」，其中的形容詞常被用來描述事物。該句型變成問句之後，句子中的 to 不可省略，否則用法就是錯誤的。

Unit 109 Hotel Reservations

預訂飯店

先從對話開始聽 Track 109

A: What can I do for you, miss?	小姐，有什麼能為您效勞？
B: Hello, I'd like to **make a reservation**. Do you have any vacancies on next Monday? **I'd like to book five double rooms.**	您好。我想預訂房間。請問你們下週一還有空房間嗎？我們想預訂五間雙人房。
A: No problem. Could I have your name, please?	是的，還有空房間。請問您的大名？
B: My name is Megan Lee. If there's any change of our plan, we will inform you before Friday.	我叫李梅根。如果我們的計畫有任何變動，我會在週五之前通知你的。
A: OK, I got it. You can **check in** after 12 o'clock next Monday. **See you** soon.	好的，我瞭解了。您們可以在下週一十二點之後入住。再見！
B: Thank you. See you.	謝謝，再見！

再學習單字片語

- make a reservation *ph.* 預訂
- book *v.* 預訂
- double *adj.* 雙人的 → **補充** single 單人的
- check in *ph.* 入住
  → **補充** check out 退房
- see you *ph.* 再見

換句話說一次學

❶ **How long will you be staying?** 您打算住多久？

❷ **I'd like to book a single room with bath.** 我想訂一間附浴室的單人房。

❸ **We do have a double room available for those days.**
我們確實有一個雙人房，在那幾天可以出租。

❹ **What is the rate, please?** 請問房價多少？

❺ **The current rate is 60 dollars per night.** 現在的房價是一天60美元。

關鍵文法不能忘

I'd like to	+	原形動詞
I'd like to		book five double rooms.

I'd like to do sth. 這個句型的意思是「我想要做什麼」。I'd like 是 I would like 縮寫後的形式，後面接續的是原形動詞，相當於 want 的意思；以下是其他的相關例句：

- **I'd like to discuss something with you.** 我想和你討論一些事。
- **I'd like to think in this way.** 我願意這樣想。
- **I'd like to buy some shoes.** 我要買雙鞋。
- **I'd like to go with you, but I am busy now.**
  我想跟你去，但是我現在很忙。

用字精準要到位

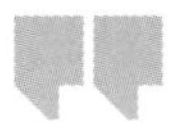

「您們可以在下週一十二點之後入住。」
要怎麼說呢？

Ⓥ **You can check in after 12 o'clock next Monday.**

ⓧ **You can live in after 12 o'clock next Monday.**

為什麼呢？

片語 live in 意為「住在」，後面要接一個地點名詞，如：live in London 意為「住在倫敦」；片語 check in 意為「入住、（在旅館、機場等）登記、報到」，後面無須加地點名詞。與 check in 相反的片語是 check out，意為「退房結帳、辦妥手續離去」。

Unit 110 Checking In and Checking Out 飯店入住及退房

先從對話開始聽 Track 110

A: What can I do for you, Miss?	小姐，有什麼能為您效勞？
B: I **would like** a room with a **queen-sized** bed.	我要一間加大雙人床的房間。
A: How many nights will you be **stay**ing?	您要待幾晚呢？
B: Just for one night.	只要待一晚。
A: **Would you like a room with a view of the ocean?**	您想要有海景的房間嗎？
B: Sure, that would be great. Uh, when to **checkout**?	好啊，太棒了。呃，退房時間是幾點？
A: Any time before twelve o'clock. Here's your key. **Enjoy** your stay.	十二點以前都可以。這是您的鑰匙。祝您住宿愉快。

再學習單字片語

- would like ph. 想要
- queen-sized adj. 加大雙人床

→ 補充 single bed room 單人房

- stay v. 停留
- with a view of ph. 帶有……景色的
- checkout n. 退房
- enjoy v. 享受

換句話說一次學

❶ **Do you have any vacancies?** 還有空房間嗎？
❷ **What are the rates?** 房價是多少？
❸ **I'd like a wake-up call.** 我想要晨喚服務。
❹ **You'll find the bar just around the corner.** 吧檯就在轉角處。
❺ **I need to check out. Do you take credit cards?** 我要退房，可以刷卡嗎？

關鍵文法不能忘

Would＋主詞＋like	+	受詞＋（其他補語）
Would you like		a room with a view of the ocean?

這是詢問別人的禮貌問句，在任何場合都可以使用的必背句型，以下是其他的相關例句：

- **Would you like some coffee?** 你想要喝點咖啡嗎？
- **Would you like a glass of water?** 你想要一杯水嗎？
- **Would you like a new coat?** 你想要一件新外套嗎？
- **Would you like anything in particular?** 你有特別想要的東西嗎？
- **Would you like some roast beef?** 您想要點烤牛肉嗎？

用字精準要到位

「我要一間加大雙人床的房間。」要怎麼說呢？

√ **I would like a room with a queen-sized bed.**
× **I would like to a room with a queen-sized bed.**

為什麼呢？

would like 意為「願意、想要」，相當於 want。後面可以直接接名詞，而不需加 to。如果後面接的是動詞，那麼要接不定式 to。如，I would like a cup of tea. = I want a cup of tea.；I would like to watch TV = I want to watch TV.。

Unit 111 Tourist Service Center 旅客服務中心

先從對話開始聽 Track 111

A: How are you? May I ask a question?	您好，我可以問個問題嗎？
B: Sure! What can I do for you?	當然可以！有什麼能為您效勞的？
A: Does this bus go **downtown**?	請問這班車開往市區嗎？
B: Yes, it goes **directly** to **Plum** Street.	是的，直達李樹街。
A: OK, Great. Uh, do you sell **transfer tickets**?	太好了。呃，你們有賣轉乘票嗎？
B: We sure do. How many do you want?	當然有。你要幾張呢？
A: Just one, please. And how long will it take to **get to** town?	一張就可以了，謝謝。到城裡要多久時間呢？
B: **It's about a forty minutes' ride**, sir.	大約四十分鐘的車程。

再學習單字片語

- downtown *n.* 市區
- directly *adv.* 直接地 → 補充 indirectly 不直接地
- plum *n.* 李子、梅子
- transfer *v.* 轉乘
- ticket *n.* 票 → 補充 token 代幣
- get to *ph.* 到達

換句話說一次學

❶ **Is this the right bus for Peach Street?** 這班車有到桃樹街嗎？
❷ **Which line goes uptown?** 往住宅區要搭哪一條線？
❸ **What's the departure time?** 車子什麼時候開？
❹ **You must have the correct change.** 你必須自備剛好的零錢。
❺ **The bus driver cannot make change.** 公車司機是不找零錢的。

關鍵文法不能忘

主詞＋be動詞	+	補語
It is		a forty minutes' ride.

這是一個用來表示距離及時間的句型，注意，時間可以用連字號變成形容詞，也可以直接變成所有格；以下是其他的相關例句：

- **It is about a five-minute walk.** 大約五分鐘的路程。
- **It is about a ten days' journey.** 大約十天的旅程。
- **It is about a fifteen-minute ride.** 大約十五分鐘的車程。
- **It is about a half hour drive.** 大約半小時的車程（開車）。
- **It's a thirty-minute ride.** 大約三十分鐘的車程。

用字精準要到位

「到市區要多久時間？」要怎麼說呢？

ⓥ **How long will it take to get to town?**
ⓧ **How long will it take to get town?**

為什麼呢？

get 當「到達」的意思時是不及物動詞，後面不能直接加名詞，而必須借助於介系詞。在此句中，get 後面應該加 to。表達「到達哪裡」還可以用：arrive at/in 等。

Unit 112 How to Bargain
如何殺價

先從對話開始聽 Track 112

A: How much is this antique **wrist watch**?	這個古董手錶多少錢？
B: 100 dollars.	一百美元。
A: What? That's **way** too expensive. I am thinking 50 dollars. But that's fine. **I am not that interested**, anyway.	什麼？也太貴了吧。我想說五十美元就差不多了。不過沒關係，我也沒有那麼有興趣。
B: Wait, wait! You're driving a hard **bargain**, young lady. But you know what, it's a deal.	等等！妳真會殺價，小姐。但妳猜怎麼著，我決定賣給妳了。
A: That's what I'm talking about!	這就對了！
B: How about 70 dollars?	那七十美元如何？
A: **C'mon**, man.	你夠了喔，老兄。

再學習單字片語

- wrist watch ph. 手錶 → 補充 pocket watch 懷錶
- way adv. 過於、太多、非常 → 近 overly 過度地
- bargain n. 殺價
- C'mon(= come on) ph. 拜託

換句話說一次學

❶ **I'm just a poor student.** 我只是個窮學生。
❷ **What if I buy two?** 如果我買兩個呢？
❸ **Can you give me a discount?** 可以給我打折嗎？
❹ **How much do I owe you?** 我要付多少錢？
❺ **I'll think about it.** 我再考慮看看。

關鍵文法不能忘

主詞＋be動詞＋not	+	that 補語
I am not		that interested.

這是一種帶有強調語氣的用語，表示「並沒有那麼……」，是在口語上很常使用到的靈活句型；以下是其他的相關例句：

- **He is not that bad.** 他沒有那麼壞。
- **She is not that special.** 她沒有那麼特別。
- **They are not that great.** 他們沒有那麼棒。
- **We are not that smart.** 我們沒有那麼聰明。
- **I am just not that into you.** 我只不過沒有那麼喜歡你。

用字精準要到位

ⓥ **That's what I'm talking about!**
ⓧ **That what I'm talking!**

為什麼呢？

要表達「這樣就對了的時候」，可使用口語用法 That's what I'm talking about! 來表示對方做了某件你提過的事情，about 為搭配 talk 的介系詞，不可省略。

Unit 113 Currency Exchange

兌換貨幣

先從對話開始聽 Track 113

A: What is the **exchange rate** of yens to the dollar?	請問今天日幣對美元的匯率是多少？
B: Oh, the Japanese yen dropped today. The exchange rate is 104 yen to the dollar.	喔，今天剛好日幣貶值，1美元可以換到104元日幣。
A: I want to change 300 US dollars into Japanese yen.	那我想把這300美元兌換成日幣。
B: OK, no problem. Please **wait for** a moment.	好，沒問題！請稍等一下。
A: Do I need to **pay** the **service fee?** And what is this note for?	需要另外付手續費嗎？以及這個單據是什麼？
B: No. **It won't be necessary.** The note is the receipt for you.	不用的。單據就是給您的收據。

再學習單字片語

- exchange rate ph. 匯率
- wait for ph. 等待
- pay v. 付費
- service fee ph. 手續費 → 近 processing fee/ handling fee 手續費
- necessary adj. 必須的 →近 required 需要的

換句話說一次學

❶ **I want to change my money into Euros.** 我想把這些錢換成歐元。

❷ **What is the current exchange rate?** 目前的匯率是多少呢？

❸ **Please tell me today's exchange rate of Canadian dollars.**
請告訴我今天加幣的匯率。

❹ **Could you please break these 100-dollar bills into small bills?**
我想把這些一百元鈔票換成小鈔。

❺ **How much will it amount to?** 會變成多少錢？

❻ **Three one-hundred bills, two fifties and five tens, please.**
請給我三張一百元、兩張五十元和五張十元。

關鍵文法不能忘

虛主詞＋（否定詞）＋be動詞	+	形容詞
It won't be		necessary.

很多時候我們都可能用到 it 當虛主詞的句子，如 It is fine today.（今天天氣真好。），或者 It is important to know this.（知道這點很重要。）事實上，it 之所以叫虛主詞，是因為它代替句子後面的成分，如前面的例句 It is important to know this. 中，it 實際上指的是 to know this。不直接用 to know this 作主詞是為了避免句子頭重腳輕；以下是其他的相關例句：

- **It is good for you to take exercise every day.**
  每天運動對你的健康有好處。
- **It is not necessary to do so.** 沒有必要這樣做。
- **It is a happy thing to work with you.** 跟你一起工作很愉快。
- **It is kind of you to help me.** 你人真好，還幫助我。
- **It is hard for me to finish this task.** 要我完成這項任務很難。

用字精準要到位

「這個單據是什麼？」要怎麼說呢？

✓ **What is this note for?**
✗ **What is this note to?**

為什麼呢？

What is...? 是問「……是什麼？」，What...for? 則是詢問「……是為了什麼？」，相當於 why 。從對話中可以看出，說話人是在詢問給票據的原因。因此，應該要用 What...for? 這個句型才對。

Unit 114 Sending Packages
寄包裹

先從對話開始聽 Track 114

A: I need to send this **package** to Taiwan. **Can you see how much it weighs?**	我要寄這個包裹到台灣，可以幫我看看多重嗎？
B: Please put it on the **scale**. By air or **by sea**?	請放到磅秤上，要寄航空還是海運？
A: Any suggestion?	有何建議？
B: Since it is not very heavy, you can send it by air.	東西不太重，妳可以寄航空。
A: Then **by air**, please.	那就寄航空吧！
B: Please **fill out** this form, and what's inside the package? Anything fragile?	麻煩妳填一下這張表格，妳的包裹裡面是什麼？有易碎物品嗎？
A: No, just some post cards and souvenirs.	沒有，只是一些明信片跟紀念品。
B: OK, that will do.	好了，這樣就可以了。

再學習單字片語

- package *n.* 包裹 → 近 parcel 包裹
- weigh *v.* 稱……的重量
- scale *n.* 磅秤
- by sea *ph.* 海運
- by air *ph.* 空運
- fill out *ph.* 填寫

換句話說一次學

❶ **Where is the nearest Post Office?** 請問最近的郵局在哪？
❷ **How much postage do I need to pay?** 我要付多少郵資？
❸ **How long will it take to get there?** 請問幾天會送達呢？
❹ **I need two one-dollar stamps.** 請給我兩張一元的郵票。
❺ **I'd like to buy some commemorative stamps.** 我想買一些紀念郵票。
❻ **I need to send this by express registered mail.** 我要寄限時掛號。
❼ **There are no letters in the package, just some magazines.**
包裹裡面沒有信件，只是幾本雜誌。

關鍵文法不能忘

情態動詞＋主詞	+	原形動詞＋其他
Can you		see how much it weighs?

日常會話中經常使用到涉及 can 的句型，如 Can you help me?（你能幫我一下嗎？）、I think I can do it well.（我想我能把它做好。）can 表示「能夠、可以、可能、會」，後面要接動詞原形形式；以下是其他的相關例句：

- **Can animals think?** 動物會思考嗎？
- **Can I come in?** 我可以進來嗎？
- **Can we win?** 我們能勝利嗎？
- **Can I dance with you?** 能跟你跳舞嗎？
- **Can you continue?** 可以繼續嗎？

用字精準要到位

「這個包裹要寄到台灣。」要怎麼說呢？

√ **I need to send this package to Taiwan.**
× **I need send this package to Taiwan.**

為什麼呢？

need 作情態動詞時，一般只用於否定句和疑問句中，而作為行為動詞時，它有人稱和數的變化，其後則要接續帶 to 的不定式或其他形式。因此，在這裡 need 後面需要帶上含 to 的不定式才對。

Unit 115 Making International Calls 打國際電話

先從對話開始聽 Track 115

A: How do I make an **international call**?	請問要怎麼撥打國際電話呢？
B: You can use coins or buy a **phone card.**	你可以投幣打公共電話，或者購買電話卡。
A: How much is a phone card?	電話卡一張要多少錢？
B: The **cheap**est card is 100 dollars.	最便宜的一張100元。
A: Wow. The card is not so cheap as it was. Well, **how long can I talk if I make a call to New York?**	哇，電話卡不像以前那麼便宜了。那麼，如果打到紐約，可以講多久呢？
B: 40 minutes **during** the day, and about 70 minutes after 9 o'clock p.m.	白天的話40分鐘，晚上9點之後大概可以講70分鐘。
A: Give me one, please.	那請給我一張。

再學習單字片語

- international call *ph.* 國際電話 → 補充 landline 座機
- phone card *ph.* 電話卡
- cheap *adj.* 便宜的
- make a call *ph.* 打電話
- during *prep.* 在……期間

換句話說一次學

❶ **Excuse me. Do you sell international phone cards here?**
不好意思，請問這裡有賣國際電話卡嗎？

❷ **I want to buy an international phone card, please.** 請給我一張國際電話卡。

❸ **Please show me how to use it.** 麻煩教我怎麼使用。

❹ **You can make phone calls with this phone card from every public phone.** 每一台公用電話都可以使用這張電話卡撥打。

❺ **Could you show me how to use this phone?** 可以教我怎麼用這部電話嗎？

關鍵文法不能忘

主句	+	if＋子句
How long can I talk		if I make a call to New York?

日常會話中經常使用到涉及 if 子句，表示如果怎麼樣，那麼就會怎麼樣。如 I will go to the park if it doesn't rain tomorrow.（如果明天不下雨我就去公園。）這裡還要注意整個句子的時態問題，如果主句用將來式，那麼子句要用現在簡單式。有的時候 if 子句也可以放於句首，如：If I finish it ahead, can I go home earlier?（如果我提前完成的話，可以早點回家嗎？）另外主句還可以是祈使句，例如 Retire me if I am not qualified. 以下是其他的相關例句：

- **I will punish you if you lie to me.** 如果你對我說謊我就要懲罰你。
- **Will you marry me if I make a lot of money?**
  我如果賺很多錢你會嫁給我嗎？
- **Speak it out if you have something to say.**
  如果你有話要說，就把它說出來吧。
- **If you don't like it, I can return it back.**
  如果你不喜歡，我可以把它退掉。

用字精準要到位

「電話卡不像以前那麼便宜了。」要怎麼說呢？

✓ **The card is not so cheap as it was.**

✗ **The card is not so cheaper as it was.**

為什麼呢？

not so... as... 意思是「不像……那麼……」，表示比較的涵義，但是在句型中間我們要使用形容詞的原級而不是比較級，因此這裡不能用 cheaper，要用 cheap 才對。

原來如此 系列 *E270*

零基礎自學王：萬用會話，
生活╳職場╳旅遊三大面向一本搞定，精準用字說出道地好英文

全方位掌握日常會話，徹底擺脫中式英文

作　　者　張慈庭
顧　　問　曾文旭
社　　長　王毓芳
編輯統籌　黃璽宇、耿文國
主　　編　吳靜宜
執行主編　潘妍潔
執行編輯　吳欣蓉、楊詠琦、李欣怡、葉舒文
美術編輯　王桂芳、張嘉容
法律顧問　北辰著作權事務所　蕭雄淋律師、幸秋妙律師
封面設計　阿作

初　　版　2024年02月
出　　版　捷徑文化出版事業有限公司
電　　話　（02）2752-5618
傳　　真　（02）2752-5619

定　　價　新臺幣350元／港幣117元
產品內容　一書

總 經 銷　采舍國際有限公司
地　　址　新北市中和區中山路二段366巷10號3樓
電　　話　（02）8245-8786
傳　　真　（02）8245-8718

港澳地區經銷商　和平圖書有限公司
地　　址　香港柴灣嘉業街12號百樂門大廈17樓
電　　話　（852）2804-6687
傳　　真　（852）2804-6409

書中圖片由Freepik網站提供。

捷徑Book站

國家圖書館出版品預行編目資料

零基礎自學王：萬用會話, 生活╳職場╳旅遊三大面向一本搞定，精準用字說出道地好英文 / 張慈庭著. -- 初版. -- 臺北市：捷徑文化出版事業有限公司, 2024.02
　面；　公分. -- (原來如此；E270)
ISBN 978-626-7116-47-0(平裝)
1.CST: 英語　2.CST: 會話
805.188　　112020945